# ときめき虹色《にじいろ》ライフ②

## ひみつの子《こ》どもぐらしがバレちゃった!?

皐月《さつき》なおみ・作
森乃《もりの》なっぱ・絵



アルファポリスきずな文庫

# もくじ

# 登《とう》場《じょう》人《じん》物《ぶつ》

**小《お》鳥《どり》**

8歳《さい》。明《あか》るくて、
いつも踊《おど》っている妹《いもうと》。
ブラジル人《じん》ダンサーの
パパを持《も》つ。

**うり**

6歳《さい》。インドからやってきた、
ツンデレな弟《おとうと》。かしこいが、
虫《むし》が怖《こわ》くてすこしビビり。

**子《こ》鹿《じか》**

目立《めだ》つのが苦手《にがて》な
小《しょう》5の女《おんな》の子《こ》。
3ヵ《か》月《げつ》前《まえ》にはるかぜ荘《そう》に
やってきた。

**ママ**

子鹿《こじか》たちのお母《かあ》さん。
子《こ》どもも仕事《しごと》も大好《だいす》きで、
ぶっとんだ性格《せいかく》。

**虎《と》音《おん》**

中《ちゅう》1。爽《さわ》やかで超《ちょう》イケメンの、
お姉《ねえ》ちゃん。獅音《しおん》と双子《ふたご》で、
パパはイタリア人《じん》シェフ。

**獅《し》音《おん》**

中《ちゅう》1。モデルみたいに美人《びじん》で
かわいい、お兄《にい》ちゃん。
虎音《とおん》と双子《ふたご》で、
パパはイタリア人《じん》シェフ。

?
浩《こう》介《すけ》
子鹿《こじか》のクラスメイト。
おかしいなと思《おも》ったことは、
とことん調《しら》べるタイプ。
野々山家《ののやまけ》が子《こ》どもたちだけで
生活《せいかつ》してるのでは、と疑《うたが》っている。
あやめ
責任感《せきにんかん》が強《つよ》い性格《せいかく》の
小《お》鳥《どり》のクラスメイト。
琴《こと》音《ね》ちゃんママ
はるかぜ町唯一《ちょうゆいいつ》の病院《びょういん》の院長婦人《いんちょうふじん》。
ママたちのリーダー的存在《てきそんざい》。
琴《こと》音《ね》
うりと同《おな》じ保育園《ほいくえん》に通《かよ》う
勉強《べんきょう》より運動《うんどう》が好《す》きな女《おんな》の子《こ》。

# プロローグ　いってらっしゃいママ！

「きゃー！」

朝《あさ》のはるかぜ荘《そう》に、大《おお》きな悲鳴《ひめい》が響《ひび》き渡《わた》る。

わたし、野々山子鹿《ののやまこじか》は、びっくりしてガバッと起《お》き上《あ》がった。

ずらりと並《なら》べたお布団《ふとん》に一緒《いっしょ》に寝《ね》ていたきょうだい、トラ、しーちゃん、小鳥《おどり》、うりの四人《よにん》も目《め》をさましている。

「やだやだやだ！　どうしたらいいの～!?」

洗面所《せんめんじょ》から聞《き》こえてくるこの声《こえ》は……ママだ！

急《いそ》いでみんなで行《い》ってみると、泡《あわ》だらけの洗面所《せんめんじょ》でママがあわあわとしていた。

「なんで？　どうして!?」

洗濯機《せんたくき》の下《した》から大量《たいりょう》の泡《あわ》があふれてる。

「ママ……。洗濯機《せんたくき》は、ママは使用禁止《しようきんし》なんだけど」

しーちゃんがため息《いき》をついた。

イタリア人《じん》のパパを持《も》つしーちゃんは、料理上手《りょうりじょうず》なわたしのお兄《にい》ちゃん。

中学一年生《ちゅうがくいちねんせい》なんだけど、ママよりもしっかりしていて、わたしたちにいつも優《やさ》しくしてくれる頼《たよ》れる存在《そんざい》なんだ。

だけど今《いま》はきびしい顔《かお》。

そりゃそうだ。

家電製品《かでんせいひん》を壊《こわ》す天才《てんさい》のママは、洗濯機《せんたくき》と掃除機《そうじき》と電子《でんし》レンジは使用禁止《しようきんし》！　それなのに、勝《かっ》手《て》に使《つか》ってまた壊《こわ》しちゃうなんて。

「もちろんそれは知《し》ってるわ。だけどママにだって洗濯機《せんたくき》くらい使《つか》えるはずよ。ほら今日《きょう》からママいなくなるでしょう？　みんな自分《じぶん》たちでいろいろしなくちゃいけなくなるから、せめて出発前《しゅっぱつまえ》にできることはやってあげようと……」

気《き》まずそうにもじもじするママを、トラがじろりとにらむ。

「だからって壊《こわ》したら、意味《いみ》ないじゃんか。あーあ、どうするんだよ、これ」

しーちゃんと双子《ふたご》のトラは、誰《だれ》が相手《あいて》でもダメなことはダメって言《い》える正義感《せいぎかん》あるカッコいいお姉《ねえ》ちゃん。

筋《きん》トレが趣味《しゅみ》で、まだ一年生《いちねんせい》なのにバスケ部《ぶ》のレギュラーなんだ。

「ねえ、どうやったらこんなことになるの？　この洗濯機《せんたくき》ってそんなに簡単《かんたん》に壊《こわ》れない仕組《しく》みになってるはずだけど。洗剤《せんざい》の入《い》れすぎかなぁ？」

洗濯機《せんたくき》の下《した》をのぞきこんで、首《くび》をかしげる弟《おとうと》のうりは、インドから来《き》た保育園年長《ほいくえんねんちょう》さん。

パパがエンジニアで、すっごくもの知《し》りでかしこいんだ。そのぶんちょっと生意気《なまいき》なんだけど、かわいいところもあって……

「ぎゃあ!!　く、く、蜘蛛《くも》！　蜘蛛《くも》がいるよ！　こ、子鹿《こじか》、なんとかして～！」

突然《とつぜん》うりがわたしにしがみついてきた。

よく見《み》ると床《ゆか》に小《ちい》さな蜘蛛《くも》がいる。わたしは、すぐにティッシュで優《やさ》しくつかみ窓《まど》からポイって逃《に》がしてあげる。

「もう大丈夫《だいじょうぶ》だよ」

声《こえ》をかけると、うりはほーっと息《いき》をついた。

「ありがと」

うりは究極《きゅうきょく》の虫《むし》ぎらいなんだ。

小《ちい》さな虫《むし》でもこわいみたいで、見《み》つけるとぎゃあぎゃあ騒《さわ》ぐ。

それを取《と》ってあげるのがわたしの役目《やくめ》。こんな時《とき》はちょっとかわいい。

「子鹿《こじか》がいれば、うりちゃんの虫《むし》ぎらいも安心《あんしん》ね」

ママがにっこり笑《わら》ったその向《む》こうで。

「オッチモ！　雲《くも》の上《うえ》みたいです〜！」

小学《しょうがく》二年生《にねんせい》の妹《いもうと》、小鳥《おどり》はうれしそうにくるくる回《まわ》って泡《あわ》の中《なか》で踊《おど》りだした。

ブラジルから来《き》た小鳥《おどり》は、パパがダンサーなんだって。

パパから習《なら》ったダンスが大好《だいす》きで、いつでもどこでも踊《おど》ってる。

「きゃ〜！　小鳥《おどり》、上手上手《じょうずじょうず》。雲《くも》の国《くに》のお姫《ひめ》さまみたいよ〜！」

洗面所《せんめんじょ》を動《うご》き回《まわ》り泡《あわ》だらけになっていく小鳥《おどり》を見《み》て、ママがうれしそうに手《て》を叩《たた》いた。

こんな時《とき》、ほかの家《いえ》のママだったらやめなさいって言《い》う気《き》がするけど、うちのママは違《ちが》うんだ。

子《こ》どもと一緒《いっしょ》になって、はしゃいじゃう。

そんなママのお仕事《しごと》は、動物《どうぶつ》カメラマン。

野生動物《やせいどうぶつ》の撮影《さつえい》で世界中《せかいじゅう》を飛《と》び回《まわ》ってたんだけど、四月《しがつ》からはるかぜ町《ちょう》に住《す》むことにして、世界中《せかいじゅう》に散《ち》らばっていた子《こ》どもたちを呼《よ》びよせた。

わたしも、小学五年生《しょうがくごねんせい》の春《はる》まではおばあちゃんとふたりぐらしだったんだけど、三カ月前《さんかげつまえ》からここはるかぜ荘《そう》で、ママときょうだいとくらしてる。

「きゃっ！」

くるくる回《まわ》る小鳥《おどり》がドンッとわたしにぶつかって、パターンってふたりとも転《ころ》んじゃった。

冷《つめ》たーい！

「デスクウピ《ごめんなさい》！　子鹿大丈夫《こじかだいじょうぶ》？」

「だ、大丈夫《だいじょうぶ》だけど」

小鳥《おどり》を見《み》ると髪《かみ》と顔《かお》が泡《あわ》だらけ！

「小鳥《おどり》、これじゃお姫《ひめ》さまじゃなくて、サンタクロースみたい」

おかしくてわたしはぷっと噴《ふ》き出《だ》した。

小鳥《おどり》もつられて笑《わら》い出《だ》す。

「子鹿《こじか》もこうすれば、サンタクロースです！」

「ちょっ！　や、やめて～」

おばあちゃんとふたりで住《す》んでた時《とき》には、考《かんが》えられないくらい大騒《おおさわ》ぎの朝《あさ》！

でもこれが、今《いま》のわたしの毎日《まいにち》なんだ。

「さ、こんなことしてたら、ママ飛行機《ひこうき》の時間《じかん》に遅《おく》れるよ。朝《あさ》ごはんにするからね」

しーちゃんが言《い》って、わたしたちは「はーい！」って返事《へんじ》をする。

はるかぜ荘《そう》のにぎやかな一日《いちにち》が始《はじ》まった。


「こっちのスマートフォンは置《お》いていくから、しーちゃん、管理《かんり》をお願《ねが》いね。簡単《かんたん》なメールならママの代《か》わりに返《かえ》しておいて。ママも電波《でんぱ》のあるところにいる時《とき》はなるべく連絡《れんらく》するわ。困《こま》ったことがあったら寺中《てらなか》さんに相談《そうだん》して」

出発前《しゅっぱつまえ》の朝《あさ》ごはん、ママがトーストにかぶりつきながらみんなに言《い》う。

こうやってママと一緒《いっしょ》に家族《かぞく》みんなで食《た》べる朝《あさ》ごはんも、しばらくはなしか……

ママが今日出発《きょうしゅっぱつ》するってことは、ずっと前《まえ》からわかっていたのに、今《いま》さらだけどちょっとさみしい。

ママと一緒《いっしょ》の夏休《なつやす》みは最高《さいこう》だった。

庭《にわ》でキャンプをしたり、海《うみ》に泳《およ》ぎに行《い》ったり。夜《よる》はお布団《ふとん》を並《なら》べてみんなで夜《よ》ふかししておしゃべりをした。

わたしたちはママがいない間《あいだ》にあったことを話《はな》して、ママはヒマラヤであったことをたくさん教《おし》えてくれたんだ。

ヒマラヤで撮《と》った写真《しゃしん》も見《み》せてもらった。

ママがヒマラヤへ行《い》っちゃったら、わたしたちはまた子《こ》どもだけでお留守番《るすばん》。

それにはもう慣《な》れたし、それはそれで楽《たの》しいんだけど。

「あら？　子鹿《こじか》どうしたの？」

パンを持《も》ったまま考《かんが》えるわたしに、ママが首《くび》をかしげた。

「え？　う、ううん、なんでもない。しーちゃんが作《つく》ったスクランブルエッグおいしいなーって思《おも》って」

あわててわたしはごまかした。

さみしい、なんて言《い》われてもママ困《こま》るよね。遊《あそ》びにいくわけじゃないんだし。

するとママは、わたしのところへやってきて、優《やさ》しい声《こえ》でたずねる。

「子鹿《こじか》、ちょっとさみしい？」

「え!?　えーっと……。うん、まぁ……」

気《き》まずい思《おも》いでわたしは答《こた》えた。

言《い》わなかったのに、ママどうしてわかったのかな？

「ふふふ、ママね、夏休《なつやす》みの間《あいだ》ずっと一緒《いっしょ》にいたから、子鹿《こじか》のことちょっとわかるようになったのよ。子鹿《こじか》は家族《かぞく》を大切《たいせつ》に思《おも》ってくれている優《やさ》しい子《こ》。だからママが行《い》っちゃうのが少《すこ》しさみしい。でも相手《あいて》の気持《きも》ちを先《さき》に考《かんが》えて、自分《じぶん》の気持《きも》ちを言《い》えないことがあるんだよね」

ずばりその通《とお》りのことを言《い》われて、わたしのほっぺが熱《あつ》くなった。

「う……まぁ、そう」

わたしが素直《すなお》に認《みと》めると、うりがあきれて声《こえ》を上《あ》げた。

「子鹿《こじか》、五年生《ごねんせい》なのに、ボクより赤《あか》ちゃんだなぁ。ママがいなくてもボクらはちゃんとやれたじゃん」

それに、トラがつっこんだ。

「あれ？　ママがいなくてさみしくて、虫《むし》とりに行《い》きたくないってあたしたちを困《こま》らせたのは誰《だれ》だっけ？　子鹿《こじか》になぐさめてもらってたくせに」

「あ、あれは、そうじゃなくて本当《ほんとう》に虫《むし》とりが嫌《いや》だったの!!」

「ええ～？　そうかなぁ？」

「そうだよ！　ボクはさみしいなんてひと言《こと》も言《い》ってない！」

ぎゃあぎゃあ言《い》い合《あ》うふたりをよそに、ママはわたしをギュッと抱《だ》きしめた。

「さみしい思《おも》いをさせてごめんね、子鹿《こじか》。ユキヒョウ密着《みっちゃく》プロジェクトはあと残《のこ》り半分《はんぶん》だから、十一月《じゅういちがつ》の終《お》わりには帰《かえ》ってこられるわ。そしたらそのあとはずっとお家《うち》にいるから」

「うん。大丈夫《だいじょうぶ》だよ、ママ。お仕事《しごと》がんばって」

さみしいけど、わたし、ママにお仕事《しごと》がんばってほしいとも思《おも》っている。

ママが撮《と》る動物《どうぶつ》の写真《しゃしん》、最高《さいこう》だもん。

「三《さん》カ《か》月《げつ》なんてすぐだよ」

「ありがとう、ママがんばるわ。それに子鹿《こじか》、二学期《にがっき》はお楽《たの》しみの季節《きせつ》よ。はるかぜ町名物《ちょうめいぶつ》、『はるかぜ祭《さい》』！」

「はるかぜ祭《さい》？」

「はるかぜサイ!?　サイの季節《きせつ》なんですか？　あわわ、小鳥《おどり》それはちょっとこわいです」

となりで、小鳥《おどり》が目《め》を丸《まる》くした。立《た》ち上《あ》がって真《ま》っ青《さお》になっている。

「違《ちが》うよ、『祭《さい》』はお祭《まつ》りって意味《いみ》。日本《にほん》に野生《やせい》のサイはいないだろ！」

すかさずうりがつっこんだ。

小鳥《おどり》は日本語《にほんご》がちょっと苦手《にがて》だからこんな風《ふう》に、まちがえることがよくあるんだ。

サイなんてはるかぜ町《ちょう》にいるはずないけど、たしかに動物好《どうぶつず》きのママが言《い》うなら、そう思《おも》うよね。

「お祭《まつ》り？　カルニバルですね!!　小鳥《おどり》カルニバル大好《だいす》きです！」

小鳥《おどり》が目《め》を輝《かがや》かせた。

「そう、毎年十一月末《まいとしじゅういちがつまつ》に小学校《しょうがっこう》と中学校合同《ちゅうがっこうごうどう》でやるお祭《まつ》りなの。日本《にほん》では文化祭《ぶんかさい》って言《い》うんだけど、町《まち》の人《ひと》や保育園《ほいくえん》の子《こ》たちを招待《しょうたい》して盛大《せいだい》にやるのよ。楽《たの》しいわよ～！」

ママの話《はなし》に、小鳥《おどり》はテンションマックスだ。くるくる回《まわ》って踊《おど》りだした。

「ブラジルの学校《がっこう》でもカルニバルありました！　その日《ひ》は好《す》きな服《ふく》で行《い》っていいんです！

小鳥《おどり》はフラミンゴのカッコで行《い》きました！」

「写真《しゃしん》で見《み》たわ！　かわいかった！」

盛《も》り上《あ》がるふたりのとなりで、トラとしーちゃんが顔《かお》を見合《みあ》わせている。

「文化祭《ぶんかさい》？　お祭《まつ》りを学校《がっこう》でやるの？」

「どういうこと？」

なにを言《い》ってるのか、わからないって感《かん》じ。

「イタリアの学校《がっこう》には文化祭《ぶんかさい》ないの？」

わたしが聞《き》くと、しーちゃんがうなずいた。

「住《す》んでいた町《まち》のお祭《まつ》りはあったけど、学校《がっこう》とは関係《かんけい》なかったかな。少《すく》なくともボクたちの学《がっ》校《こう》は。日本《にほん》では学校《がっこう》のお祭《まつ》りがあるんだね」

「うん、わたしが通《かよ》っていた学校《がっこう》でもあったよ」

「だけどなにをやるの？」

「えーっと、たいていクラスで出《だ》し物《もの》かな？　ゲームができるお店《みせ》をやったり、劇《げき》とか合唱《がっしょう》とか……」

話《はなし》をしながら、胸《むね》がわくわくするのを感《かん》じていた。わたしは運動《うんどう》は苦手《にがて》だから運動系《うんどうけい》の学校《がっこう》行事《ぎょうじ》はちょっと苦手《にがて》だけど、文化祭《ぶんかさい》は好《す》きなんだ。

「お店《みせ》、合唱《がっしょう》……それをクラスでやるのか？」

わたしの説明《せつめい》ではいまいちわからないみたい。トラが不思議《ふしぎ》そうにしてる。

「やってみればわかるわよ！　去年《きょねん》は花火《はなび》がバーンって上《あ》がったって、寺中《てらなか》さんが言《い》ってたわ。ママもできるだけそれまでには帰《かえ》るようにするわね」

ママがみんなに向《む》かってウインクした。

「え？　はなぢが!?　わ〜！　楽《たの》しみですー！」

「花火《はなび》だよ。鼻血《はなぢ》だったらブーじゃんか」

その場《ば》でぴょんぴょんはねる小鳥《おどり》に、うりがくすくす笑《わら》いながらつっこむ。

夏休《なつやす》みはもうすぐ終《お》わりだし、ママはヒマラヤに行《い》っちゃうし。

ちょっとつまらないって思《おも》っていたけど、はるかぜ祭《さい》の話《はなし》を聞《き》いたら、そんな気持《きも》ちなんて吹《ふ》き飛《と》んじゃった。

もうすぐ始《はじ》まる二学期《にがっき》が楽《たの》しみになってきた！

## 1　どうしよう⁉　ひみつがバレちゃった！

「それにしても、久《ひさ》しぶりだな、はるかぜ荘《そう》に来《く》るのは」

電気屋《でんきや》のおじさんが、洗濯機《せんたくき》の下《した》をのぞきこみながら言《い》う。

「すみません、今朝《けさ》ママが使《つか》ったらいきなりこうなったみたいで……」

しーちゃんが申《もう》し訳《わけ》なさそうに謝《あやま》った。

朝《あさ》ごはんが終《お》わると、ママはでっかいリュックを背負《せお》って、腕《うで》をぶんぶん振《ふ》って、ヒマラヤへ出発《しゅっぱつ》していった。

そのあとしーちゃんはすぐに駅前《えきまえ》の『角谷電気《かどやでんき》』に電話《でんわ》した。

角谷電気《かどやでんき》は、ママが家電製品《かでんせいひん》を壊《こわ》すたびに修理《しゅうり》をお願《ねが》いしてる電気屋《でんきや》さん。

ちょっとびっくりだったのは、修理《しゅうり》のおじさんと一緒《いっしょ》にわたしと同《おな》じクラスの角谷浩介《かどやこうすけ》くんが来《き》たこと。

角谷電気《かどやでんき》は浩介《こうすけ》くんのお家《うち》で、今日《きょう》はお父《とう》さんの仕事《しごと》を見学《けんがく》するためについてきたんだって。

「四月《しがつ》は毎週《まいしゅう》だったもんね。この洗濯機《せんたくき》を修理《しゅうり》するのは何回目《なんかいめ》かなぁ」

おじさんがははは と笑《わら》って、洗濯機《せんたくき》の修理《しゅうり》を始《はじ》める。

「すみません」

ママったら、毎週来《まいしゅうき》てもらっていたの？　はずかしい。わたしもしーちゃんのとなりで謝《あやま》った。

トラ、小鳥《おどり》、うりは部屋《へや》でそれぞれ好《す》きなことをしている。

浩介《こうすけ》くんが来《き》たから、しーちゃんと一緒《いっしょ》にここにいるけど、わたしもあっちで待《ま》ってたらよかったな……。

「いやいや気《き》にしなくていいよ！　むしろ少《すこ》し安心《あんしん》したくらいだ。修理《しゅうり》の仕事《しごと》がなくなったから、もしかしてママが家《いえ》からいなくなっちゃったんじゃないかと思《おも》って」

ぎくっとして、わたしとしーちゃんは目《め》を合《あ》わせる。

ま、まずい、一学期《いちがっき》の間《あいだ》、ママが家《いえ》にいなかったことバレちゃってる……？

あわててしーちゃんが言《い》い訳《わけ》をする。

「あ、あまりにも壊《こわ》すから、ママは家電製品《かでんせいひん》、使用禁止《しようきんし》にしていたんです」

「ははは、使用禁止《しようきんし》か。なるほどそれはいい案《あん》だ」

おじさんはすぐに納得《なっとく》してくれて、わたしたちはホッと胸《むね》をなでおろした。けれど。

「で、その母《かあ》ちゃんは、今《いま》はどこにいるんだ？」

突然《とつぜん》、浩介《こうすけ》くんが口《くち》をはさんだ。わたしの方《ほう》をじっと見《み》ている。

「え!? し、仕事《しごと》だよ」

「ふーん、今日《きょう》は子《こ》どもだけで留守番《るすばん》か？」

「そ、そうだよ。しーちゃんたちは中学生《ちゅうがくせい》だし、留守番《るすばん》くらいできるもん」

ドキドキしながらわたしは答《こた》える。

おじさんと違《ちが》って浩介《こうすけ》くんは、すぐに引《ひ》き下《さ》がらなかった。

「仕事《しごと》って駅前《えきまえ》の寺中写真館《てらなかしゃしんかん》か？」

「そ、そうだよ……」

「仕事《しごと》って何時《なんじ》まで？」

「えーっと……」

浩介《こうすけ》くん、今日《きょう》はどうしたんだろう？

学校《がっこう》でほとんど話《はな》したことないのに、いきなりうちのことを根掘《ねほ》り葉掘《はほ》り聞《き》くなんて。

それに教室《きょうしつ》にいる時《とき》と違《ちが》って、なんだか今日《きょう》はちょっとこわい感《かん》じ。

「だいたい五時《ごじ》までだけど、遅《おそ》くなることもあるんだ。お客《きゃく》さんの予約《よやく》に合《あ》わせて働《はたら》いているからね」

しーちゃんが助《たす》け舟《ぶね》を出《だ》してくれる。

おじさんが修理《しゅうり》をする手《て》を止《と》めて振《ふ》り返《かえ》った。

「こらこら浩介《こうすけ》、お客《きゃく》さんにそんな口《くち》の利《き》き方《かた》をするもんじゃない。修理《しゅうり》の仕事《しごと》を見学《けんがく》したいって言《い》うから連《つ》れてきてやったのに。そんなんじゃ、もう連《つ》れてきてやらないぞ。余計《よけい》なおしゃべりしているひまがあったら手伝《てつだ》いなさい。ほらそこのドライバーを取《と》ってくれ」

おじさんに叱《しか》られて、ようやく浩介《こうすけ》くんは口《くち》を閉《と》じて、修理《しゅうり》を手伝《てつだ》いはじめる。けれど、なんだかまだ納得《なっとく》してないって感《かん》じ。

そのあともおじさんのとなりで家《いえ》の中《なか》をじろじろ見回《みまわ》している。

そんな浩介《こうすけ》くんを、わたしはハラハラしながら見《み》ていた。

浩介《こうすけ》くん、お父《とう》さんの仕事《しごと》を見学《けんがく》しに来《き》たって言《い》ってたのに、全然《ぜんぜん》おじさんを見《み》ていない。

しーちゃんもわたしと同《おな》じことを思《おも》ったのか、ちょっと心配《しんぱい》そうにしてる。

なんだかすごーく、嫌《いや》な予感《よかん》……

その嫌《いや》な予感《よかん》が的中《てきちゅう》してたってわかったのは、ママがヒマラヤに行《い》って一週間後《いっしゅうかんご》の始業式《しぎょうしき》の日《ひ》だった。

「あーあ、夏休《なつやす》み終《お》わっちゃったね。明日《あした》から毎日勉強《まいにちべんきょう》かぁ。今年《ことし》の夏休《なつやす》みは子鹿《こじか》ちゃんといっぱい遊《あそ》べたから、なおさらつらいなぁ」

下校中《げこうちゅう》、海沿《うみぞ》いの道《みち》を歩《ある》きながら、友紀《ゆき》ちゃんがつまらなそうにため息《いき》をついた。

「だけど、二学期《にがっき》ははるかぜ祭《さい》があるんだよね。わたしちょっと楽《たの》しみにしてるんだ」

ママがいない毎日《まいにち》は、ほんのちょっとつまらない。ママがいないと家《いえ》が静《しず》かに感《かん》じるんだ。でもはるかぜ祭《さい》のころまでには帰《かえ》れるかもって言《い》ってたから、準備《じゅんび》に夢中《むちゅう》になってたらすぐだよね。

「はるかぜ祭《さい》ね、うんうん、すごく楽《たの》しいよ。準備《じゅんび》で授業《じゅぎょう》がつぶれるし。今年《ことし》はなにをやるのかなぁ」

そんな話《はなし》をしながら、わたしたちが友紀《ゆき》ちゃん家《ち》の前《まえ》まで来《き》た時《とき》。

「おい、野々山子鹿《ののやまこじか》！」

いきなり、声《こえ》をかけられて立《た》ち止《ど》まる。振《ふ》り返《かえ》ると浩介《こうすけ》くんがいた。

浩介《こうすけ》くんと話《はなし》をするのは、あの洗濯機《せんたくき》が壊《こわ》れた日《ひ》以来《いらい》だ。

今日学校《きょうがっこう》で会《あ》った時《とき》、とくになにも言《い》われなかったから、わたしが感《かん》じた嫌《いや》な予感《よかん》は気《き》のせいだったんだって安心《あんしん》してたのに。

「なによ、こーすけ」

わたしより先《さき》に、友紀《ゆき》ちゃんが答《こた》えた。

浩介《こうすけ》くんのこと呼《よ》び捨《す》てにしてる。

驚《おどろ》くわたしを見《み》て、友紀《ゆき》ちゃんはニカッと笑《わら》った。

「わたしとこーすけ、親同士《おやどうし》が仲《なか》よしで昔《むかし》はよく一緒《いっしょ》に遊《あそ》んだの。今《いま》は全然《ぜんぜん》だけど」

「オレは野々山《ののやま》に用《よう》があるんだ」

そう言《い》う浩介《こうすけ》くんとわたしの間《あいだ》に、友紀《ゆき》ちゃんが立《た》ちはだかった。

「だからなに？　って言《い》ってるの。そんな口《くち》の利《き》き方《かた》をして、失礼《しつれい》じゃん」

友紀《ゆき》ちゃん、頼《たの》もしい。

だけど浩介《こうすけ》くんも負《ま》けていない。わたしたちをビシッと指《ゆび》さして口《くち》を開《ひら》いた。

「オレは、野々山家《ののやまけ》のひみつを知《し》っている！」

ひ、ひみつ⁉

わたしの胸《むね》がドキッとする。

ひ、ひみつって、なんだかすごく嫌《いや》な言葉《ことば》……。

「ひみつぅ～！　意味《いみ》わからないこと言《い》わないでよね」

「おまえん家、母《かあ》ちゃん家《いえ》にいないだろ」

友紀《ゆき》ちゃんを無視《むし》して、浩介《こうすけ》くんはズバリひみつを言《い》いあてる。

どうして浩介《こうすけ》くんが知《し》ってるの⁉

びっくりしすぎて返事《へんじ》ができないわたしのとなりで、友紀《ゆき》ちゃんがため息《いき》をついた。

「なに言《い》ってんの、子鹿《こじか》ちゃんのママはちゃんと家《いえ》にいます。夏休《なつやす》みの間《あいだ》何度《なんど》も会《あ》ったんだから。庭《にわ》で一緒《いっしょ》にキャンプもしたんだよ。ね？　子鹿《こじか》ちゃん」

「う、うん」

とりあえずわたしは話《はなし》を合《あ》わせる。

けど、浩介《こうすけ》くんは引《ひ》き下《さ》がらなかった。

「たしかに夏休《なつやす》みは家《いえ》にいた。商店街《しょうてんがい》で目撃情報《もくげきじょうほう》があるからな。だけど、またどっかに行《い》っただろ。この一週間《いっしゅうかん》は家《いえ》にいない」

わたしたちの状況《じょうきょう》を正確《せいかく》に言《い》いあてられて、もう頭《あたま》はパニックだ。

ママのことを知《し》ってるのはきょうだいと寺中《てらなか》さん夫婦《ふうふ》だけ。だれもバラすはずがないのに、

どうして浩介《こうすけ》くんが知《し》ってるの⁉

「意味《いみ》わかんないこと言《い》わないで。こーすけあんたアニメのマネしてるんでしょ。でも全然当《ぜんぜんあ》たってないから。推理《すいり》ごっこはよそでやってくださーい」

浩介《こうすけ》くんはちょっとむきになった。

「証拠《しょうこ》ならあるぜ。夏《なつ》は母《かあ》ちゃんがスーパーに買《か》い物《もの》に行《い》ってたけど、また兄《にい》ちゃんだけになったこと。母《かあ》ちゃんは写真館《しゃしんかん》で働《はたら》いてるって話《はなし》だけど、二日前《ふつかまえ》に写真《しゃしん》を撮《と》りにいった人《ひと》が、カメラマンはおじさんだったって言《い》ってたこと。それにオレこの一週間《いっしゅうかん》、野々山家《ののやまけ》の庭《にわ》に干《ほ》してある洗濯物《せんたくもの》を観察《かんさつ》したんだ。子《こ》どもの物《もの》ばかりで母《かあ》ちゃんの服《ふく》はない。つまり、今家《いまいえ》に母《かあ》ちゃんはいないんだ！」

浩介《こうすけ》くんの推理《すいり》に、わたしは真《ま》っ青《さお》になった。

もしもこの話《はなし》を電気屋《でんきや》のおじさんに言《い》われたら、大変《たいへん》なことになっちゃう！

ママは警察《けいさつ》に連《つ》れていかれて、家族《かぞく》がまたバラバラになっちゃうよね⁉

そ、そんなのやだ……！

せっかくわたしたち、家族《かぞく》らしくなれたのに。

そう思《おも》ったら、あっという間《ま》に、わたしの目《め》から涙《なみだ》があふれた。

「こーすけ、あんたねぇ……って、子鹿《こじか》ちゃん⁉　大丈夫《だいじょうぶ》？」

泣《な》いてしまったわたしに、友紀《ゆき》ちゃんがびっくりしてる。

泣いたら浩介《こうすけ》くんの推理《すいり》を認《みと》めることになるのに、涙《なみだ》が止《と》まらない。

ごまかさなきゃって思《おも》うのに、口《くち》から出《で》たのは正反対《せいはんたい》の言葉《ことば》だった。

「どうしよう、友紀《ゆき》ちゃん……ママが警察《けいさつ》に連《つ》れていかれちゃうよ……」

浩介《こうすけ》くんの推理《すいり》を認《みと》めたわたしに、友紀《ゆき》ちゃんはちょっと驚《おどろ》いたみたい。

だけどすぐに、浩介《こうすけ》くんに向《む》かって言《い》い返《かえ》した。

「子鹿《こじか》ちゃん泣《な》いちゃったじゃん！　人《ひと》ん家《ち》のひみつをあばくなんて、こーすけ、あんた最《さい》っ低《てい》！」

友紀《ゆき》ちゃんのけんまくに、浩介《こうすけ》くんがちょっと弱気《よわき》になった。

「オ、オレはそんなつもりじゃ……」

「子鹿《こじか》ちゃん、わたしの部屋《へや》へ行《い》こう？　今日《きょう》はママいないから。こーすけ、あんたも来《き》なよ。子鹿《こじか》ちゃんに謝《あやま》るまで帰《かえ》っちゃだめだからね」

涙《なみだ》が止《と》まらなくなってしまったわたしは、とりあえず友紀《ゆき》ちゃんの言《い》う通《とお》りにした。

部屋《へや》に行《い》ってベッドの横《よこ》の小《ちい》さなテーブルに三人《さんにん》で丸《まる》くなって座《すわ》ると、さっそく友紀《ゆき》ちゃんが、浩介《こうすけ》くんをにらんだ。

「こーすけ、ちゃんと謝《あやま》りなよ。子鹿《こじか》ちゃん大丈夫《だいじょうぶ》？」

心配《しんぱい》してくれる友紀《ゆき》ちゃんに、わたしは涙《なみだ》をふいて説明《せつめい》する。

「うん、ありがとう。あのね、友紀《ゆき》ちゃん。うちのママ、野生動物《やせいどうぶつ》を専門《せんもん》に撮《と》るカメラマンでしょ。今《いま》はユキヒョウに密着《みっちゃく》するお仕事《しごと》でヒマラヤに行《い》ってるの。その間《あいだ》子《こ》どもだけで留守番《るすばん》してるの」

「ほえ～！　ヒマラヤでユキヒョウに密着《みっちゃく》？　かっこいい～！」

友紀《ゆき》ちゃんが感心《かんしん》してため息《いき》をついた。

「お仕事《しごと》は十一月《じゅういちがつ》までだから、終《お》わったら帰《かえ》ってくるし、そのあとはずっと家《いえ》にいるの。だからそれまでだから……」

「もちろんわたしは言《い》わないよ！」

友紀《ゆき》ちゃんが胸《むね》をはった。

「親友《しんゆう》のひみつは絶対《ぜったい》に守《まも》る。たとえママにだって、ぜーったい、だれにも言《い》わないから」

そう言《い》って浩介《こうすけ》くんをにらんだ。

「こーすけ！　あんた、わたしたちになんの恨《うら》みがあってこんなことするの？　どうしてわたしの親友《しんゆう》を困《こま》らせるようなことするのよ！」

友紀《ゆき》ちゃんの言葉《ことば》を聞《き》いて、浩介《こうすけ》くんはあわあわと首《くび》を横《よこ》に振《ふ》った。

「いや、オレはそこまでするつもりは……！　ただ真実《しんじつ》を知《し》りたかっただけだ。おかしいなと思《おも》ったことをほっておけないんだよ」

「本当《ほんとう》？　じゃあ、ないしょにしててくれる？」

わたしが聞《き》くと、浩介《こうすけ》くんはこくこくとうなずいた。

「オレ、誰《だれ》かを不幸《ふこう》にするつもりはない」

「よ、よかった～！」

安心《あんしん》してわたしの体《からだ》から力《ちから》がぬける。

「知《し》りたいからって頼《たの》んでもないのに人《ひと》ん家《ち》のひみつを探《さぐ》るなんて、悪趣味《あくしゅみ》」

友紀《ゆき》ちゃんが嫌味《いやみ》を言《い》った。

「だ、だけど、オレだってなんにもないのに、野々山家《ののやまけ》のひみつを探《さぐ》ろうとしたわけじゃないぜ。うわさが流《なが》れてたんだよ」

浩介《こうすけ》くんが口《くち》をとがらせる。

「うわさ……？」

わたしはまたドキッとした。

「そうだよ。野々山家《ののやまけ》の母《かあ》ちゃんがあんまり家《いえ》にいないんじゃないかって。一学期《いちがっき》、大人《おとな》たちの間《あいだ》でうわさになってたんだよ。だからオレは調《しら》べてみようと思《おも》ったんだ」

「そういえば、あんたんとこのパパとママ、配達《はいたつ》とか修理《しゅうり》で町中《まちじゅう》を回《まわ》るからいろんな話《はなし》を知《し》っているんだよね」

友紀《ゆき》ちゃんの言葉《ことば》に、浩介《こうすけ》くんがうなずいた。

「うん。保育園《ほいくえん》の送《おく》りむかえとか、スーパーで買《か》い物《もの》を子《こ》どもがやってるとか、ちょっと問題《もんだい》だって言《い》ってる人《ひと》がいたんだって」

知《し》らなかった、そんなうわさが流《なが》れていたなんて。

「夏休《なつやす》みは母《かあ》ちゃんがいたから、うわさはなくなったと思《おも》う。だけどヒマラヤに行《い》ったんだったら、また疑《うたが》われるんじゃないか？」

「そんな……、どうしよう……」

友紀《ゆき》ちゃんとわたしは顔《かお》を見合《みあ》わせた。

「なんとかしなくちゃ、子鹿《こじか》ちゃん。もちろんわたしはだれにも言《い》わないけど、それだけじゃダメってことだよね。なにか作戦《さくせん》を立《た》てないと」

「だ、だけどどうすればいいか……」

家《いえ》にママがいない限《かぎ》り、うりの送《おく》りむかえも、スーパーでの買《か》い物《もの》もわたしたちがするしかないもん。

「こーすけ、あんたなにか考《かんが》えてよ」

友紀《ゆき》ちゃんが浩介《こうすけ》くんをせっついた。

「な、なんでオレが」

「子鹿《こじか》ちゃんを泣《な》かせたおわびだよ。探偵《たんてい》なら、困《こま》ってる人《ひと》の味方《みかた》でしょ。……そうだ！　とりあえず大人《おとな》たちが子鹿《こじか》ちゃんたちについてどううわさしてるか、パパとママからの情報《じょうほう》をわたしたちに教《おし》えてよ。それから対策《たいさく》を立《た》てよう」

「なんだよそれ、それじゃスパイじゃん」

浩介《こうすけ》くんは不満《ふまん》そうにぶつぶつ言《い》う。

でもわたしをちらっと見《み》て、しかたないって感《かん》じでため息《いき》をついた。

「わかったよ」

友紀《ゆき》ちゃんがにっこりと笑《わら》った。

「大丈夫《だいじょうぶ》だよ、子鹿《こじか》ちゃん。わたしとこーすけが全面協力《ぜんめんきょうりょく》するからさ。子鹿《こじか》ちゃんのママが帰《かえ》ってくるまで、だれにもひみつがバレないように」

そんなやり取《と》りをするふたりを見《み》ているうちに、ちょっぴり勇気《ゆうき》が湧《わ》いてくる。

そうだ、家族《かぞく》がバラバラになるのが嫌《いや》なら、やれることはやらなくちゃ。

泣《な》いている場合《ばあい》じゃない。

わたしはほっぺに残《のこ》っている涙《なみだ》をふいた。

「ふたりとも、ありがとう」

「親友《しんゆう》のためだもん！　こーすけ、とりあえずうわさはおさまってるんだよね」

友紀《ゆき》ちゃんが浩介《こうすけ》くんに確認《かくにん》する。

「うん、たぶん。うちの父《とう》ちゃんが、洗濯機《せんたくき》が壊《こわ》れたから、ちゃんと野々山家《ののやまけ》の母《かあ》ちゃんは家《いえ》にいるって言《い》って回《まわ》ってるし」

「じゃあ、これからうわさされないようにすればいいってことか……」

だけど、それがすごく難《むずか》しいような気《き》がする。

「ママがいない間《あいだ》は、買《か》い物《もの》も保育園《ほいくえん》のおむかえもわたしたちがやるしかないんだよね」

途方《とほう》に暮《く》れてわたしが言《い》うと、浩介《こうすけ》くんがうーんと考《かんが》えてから口《くち》を開《ひら》いた。

「町《まち》であんまり目立《めだ》たないように行動《こうどう》してくれって、きょうだいに言《い》ったらどうだ？　野々山《ののやま》きょうだいって目立《めだ》つんだよな。だからちょっとしたことでうわさされるんだよ」

なるほど、それはそうかも。目立《めだ》つ人《ひと》って見《み》ちゃうもんね。

きょうだいみんな個性的《こせいてき》すぎるから、難《むずか》しいかもしれないけど、今《いま》できることはそれしかない気《き》がする。

「わかった。わたしみんなにそう言《い》うよ」

気合《きあ》いを入《い》れてわたしは言《い》う。

ママが帰《かえ》ってくるまであと三カ月《さんかげつ》、なんとかして、家族《かぞく》のひみつを守《まも》らなくちゃ！

夜《よる》ごはんを食《た》べながら、わたしはさっそくみんなに浩介《こうすけ》くんから聞《き》いた話《はなし》をした。そして、浩介《こうすけ》くんの案《あん》を伝《つた》える。

「でね、うわさされないようにするには、なるべく目立《めだ》たないように行動《こうどう》したほうがいいよって。わたしたちって、ちょっと目立《めだ》つみたいだから……」

トラとしーちゃんが顔《かお》を見合《みあ》わせ、小鳥《おどり》とうりはスプーンを持《も》ったままキョトンとした。

なんだか微妙《びみょう》な空気《くうき》が流《なが》れて、わたしはちょっと申《もう》し訳《わけ》ない気持《きも》ちになって話《はなし》を続《つづ》ける。

「目立《めだ》たないようにするって、きゅうくつだよね。だけどママが帰《かえ》ってくるまでの間《あいだ》だけだから……」

トラが首《くび》を横《よこ》に振《ふ》った。

「そうじゃなくて。あたしは別《べつ》に普段《ふだん》から目立《めだ》つようなことはしてないよ」

「だけど……前《まえ》に佐々木《ささき》くんに注意《ちゅうい》したことあったじゃない？」

以前《いぜん》にトラは海《うみ》にゴミを捨《す》てていた下級生《かきゅうせい》に注意《ちゅうい》して、逆《さか》うらみされた。行動自体《こうどうじたい》は、正《ただ》しいしカッコいいけど、結果的《けっかてき》に大注目《だいちゅうもく》を集《あつ》めたことには違《ちが》いない。

「今《いま》はもうあんなことはしてないよ。だいたいあんなことするやつそんなにいないし。な？獅音《しおん》」

しーちゃんがトラに同意《どうい》した。

「うん、ちなみにボクも静《しず》かな方《ほう》だと思《おも》う。クラスの男子《だんし》は休《やす》み時間《じかん》は大騒《おおさわ》ぎしてるけど、ボクは参加《さんか》しないし。どっちかっていうとボクたちは教室《きょうしつ》でも静《しず》かな方《ほう》なんじゃないかな」

「そうなんだ……」

うーん、浩介《こうすけ》くんの言《い》っていたこととずいぶん違《ちが》うなぁ。

「小鳥《おどり》は、目立《めだ》ってそうだよね。授業中《じゅぎょうちゅう》に歌《うた》って踊《おど》りまくったりして」

うりの言葉《ことば》に小鳥《おどり》が口《くち》をとがらせた。

「小鳥《おどり》は授業中《じゅぎょうちゅう》は静《しず》かに座《すわ》っています。休《やす》み時間《じかん》も歌《うた》ってません。休《やす》み時間《じかん》はちょっと踊《おど》ってしまいますが、教室《きょうしつ》はわいわいガーガーしてるから、ぜーんぜん目立《めだ》ちません！」

「ガーガーってアヒルかよ」

うりがつぶやいた。

たしかに学校《がっこう》の休《やす》み時間《じかん》って騒《さわ》がしい。鬼《おに》ごっこして叱《しか》られてる子《こ》がいるくらいだもん。ちょっと踊《おど》ったくらいでは目立《めだ》たないよね。

「ボクは保育園《ほいくえん》でもいい子《こ》にしてるよ。騒《さわ》ぐなんて子《こ》どもっぽいことしてない」

うりは自信満々《じしんまんまん》だ。

けれどそれにトラがつっこんだ。

「おっと、うり、めずらしく日本語《にほんご》まちがえてるよ」

「はぁ？　どこが？」

「保育園《ほいくえん》で『は』だよ、『は』」

うりがほっぺをふくらませた。

「『も』！　だよ、『も』！　ボクいつもいい子《こ》じゃん」

「いやいやいや、こんなに生意気《なまいき》な年長《ねんちょう》さんのどこがいい子《こ》なんだよ」

「ちょっとふたりとも、騒《さわ》いでないでごはん食《た》べて」

しーちゃんがふたりに注意《ちゅうい》するのを見《み》ながら、わたしは首《くび》をかしげる。

みんなが今言《いまい》った通《とお》りなら、全然目立《ぜんぜんめだ》たないはず。

でも、浩介《こうすけ》くんが言《い》うには、野々山《ののやま》きょうだいは町《まち》ですごーく目立《めだ》ってるって感《かん》じだった。

うーん、いったいどういうこと？

## 2　野々山《ののやま》きょうだい大調査《だいちょうさ》！

次《つぎ》の日《ひ》のお昼休《ひるやす》み、教室《きょうしつ》のすみっこに集《あつ》まった友紀《ゆき》ちゃんと浩介《こうすけ》くんに、わたしはさっそく昨日《きのう》の話《はなし》を報告《ほうこく》した。

「みんな目立《めだ》つようなことはしてないって。注目《ちゅうもく》されているって話《はなし》はまちがいじゃないかな。だってげんにわたしは、もう全然注目《ぜんぜんちゅうもく》されてないでしょう？」

転校《てんこう》してきてすぐのころはわたしも注目《ちゅうもく》されていたけど、今《いま》はもうまったく見《み》られてるって感《かん》じじゃない。

「たしかに野々山《ののやま》のことはもうみんな注目《ちゅうもく》してないけど、ほかのきょうだいは目立《めだ》ってるって。オレの父《とう》ちゃんが配達先《はいたつさき》でしょっちゅう話題《わだい》にのぼるって言《い》ってたもん」

「でも、みんなうそついてるって感《かん》じでもなかったけど……」

そんなことを言《い》い合《あ》っていると、友紀《ゆき》ちゃんがふふふと笑《わら》った。

「虎音《とおん》さまはスペシャルカッコいいし、獅音《しおん》さまは超絶《ちょうぜつ》かわいいからそれだけで目立《めだ》つよね。

わたしは毎日一緒《まいにちいっしょ》に登校《とうこう》してるからもう慣《な》れたけど、前《まえ》は見《み》かけただけでドキドキだった」

「見《み》た目《め》が目立《めだ》つから、今《いま》も注目《ちゅうもく》されてるってこと？」

「うーん、でももう引《ひ》っ越《こ》してきて何カ月《なんかげつ》もたつんだぜ。さすがに、それだけが原因《げんいん》とは思《おも》えない。……ちょっと調査《ちょうさ》する必要《ひつよう》がありそうだ」

浩介《こうすけ》くんは腕《うで》を組《く》んで考《かんが》えこんでしまった。

「よし！　オレたちでちょっと調査《ちょうさ》してみようぜ」

そう言《い》って、さっそく教室《きょうしつ》を出《で》ようとする。

浩介《こうすけ》くん、昨日《きのう》はしぶしぶって感《かん》じだったのに、今《いま》はやる気《き》まんまんだ。本当《ほんとう》に疑問《ぎもん》があるとほっとけないんだ。

「え？　どこへ行《い》くの？」

「二年生《にねんせい》の教室《きょうしつ》だよ。妹《いもうと》がいるだろ」

浩介《こうすけ》くんに続《つづ》いて、わたしたちは小鳥《おどり》がいる二年生《にねんせい》の教室《きょうしつ》にやってきた。

二年生《にねんせい》の教室《きょうしつ》は小鳥《おどり》が言《い》ってた通《とお》り、大騒《おおさわ》ぎだった。

高学年《こうがくねん》より二年生《にねんせい》はちょっと小《ちい》さいからなんかかわいい。

後《うし》ろのドアからそっと中《なか》をのぞくと、みんなバラバラにそれぞれ好《す》きなことをしている。

集《あつ》まっておしゃべりをする女《おんな》の子《こ》たち。

消《け》しゴム飛《と》ばし対決《たいけつ》をしている男《おとこ》の子《こ》。

座《すわ》って本《ほん》を読《よ》んでいる子《こ》もいた。

えーっと小鳥《おどり》は……いた！

くるくる回《まわ》りながら、黒板《こくばん》を消《け》している。

くるりと回《まわ》って、ちょっと消《け》して。また回《まわ》ってちょっと消《け》す。あいかわらず踊《おど》ってる。

わたしは思《おも》わず、ふふふって笑《わら》ってしまう。

だけど家《いえ》にいる時《とき》みたいに歌《うた》ってはいないし、騒《さわ》いでるって感《かん》じじゃない。学校《がっこう》ではいい子《こ》にしてますって言《い》ってたのは本当《ほんとう》なんだ。……でも。

「ねえ、小鳥《おどり》ちゃん、また踊《おど》ってるよ」

「本当《ほんとう》だ。なんであんなに踊《おど》るのかな」

「黒板《こくばん》、なかなかきれいにならないね」

集《あつ》まっておしゃべりしていた女《おんな》の子《こ》たちが、

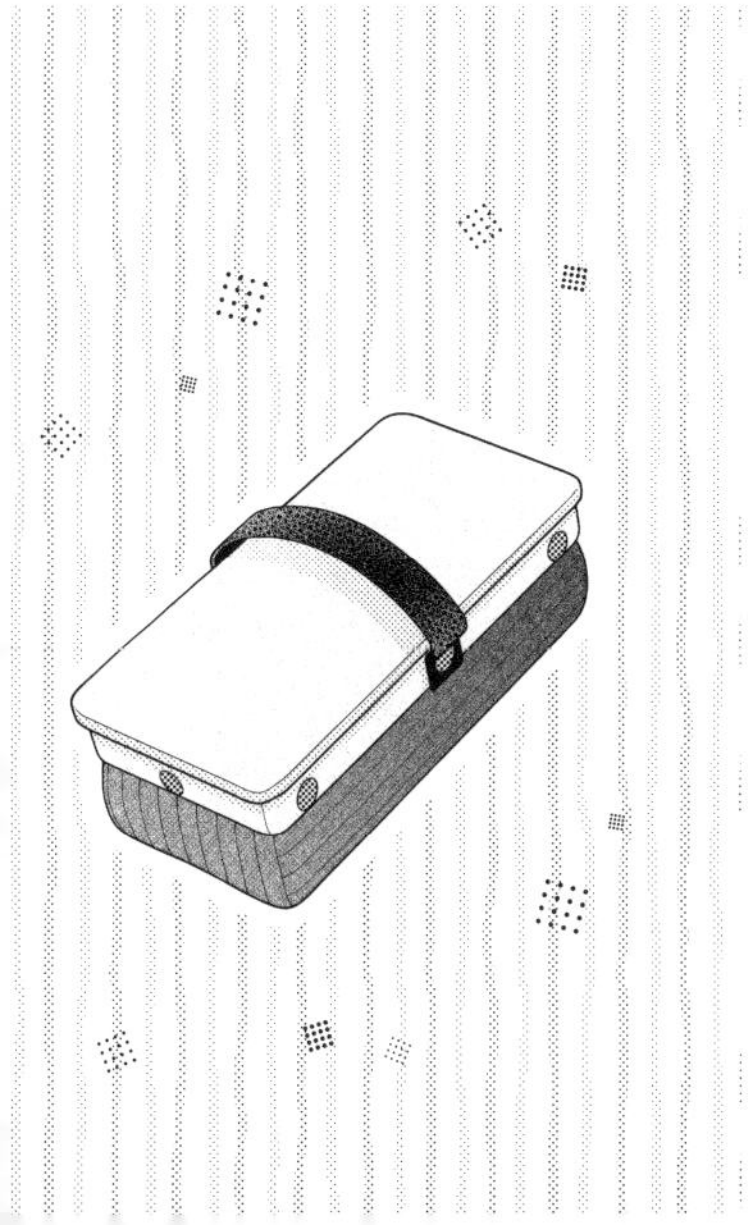

小鳥《おどり》を見《み》てヒソヒソと話《はな》している。

眉《まゆ》を寄《よ》せて、なんかちょっと……嫌《いや》な感《かん》じ。

黒板《こくばん》がきれいになると、小鳥《おどり》はくるくる回《まわ》りながら自分《じぶん》の机《つくえ》に戻《もど》り、ランドセルからハンカチを取《と》り出《だ》す。

そしてそのままスキップして教室《きょうしつ》を出《で》ていった。きっとトイレに行《い》ったんだ。

でも小鳥《おどり》がいなくなったあとも、女《おんな》の子《こ》たちはまだヒソヒソしてた。

わたしたちは二年生《にねんせい》の教室《きょうしつ》を離《はな》れた。

「なんか、嫌《いや》な感《かん》じだったね」

五年生《ごねんせい》の教室《きょうしつ》へ戻《もど》る途中《とちゅう》、友紀《ゆき》ちゃんがいつもよりちょっと暗《くら》い声《こえ》で言《い》った。

「わたし、三年生《さんねんせい》の時《とき》、クラスの女子《じょし》に悪口《わるぐち》を言《い》われてた時《とき》があったんだよね。さっきの女《おんな》の子《こ》たちみたいな感《かん》じで。あの時《とき》のこと思《おも》い出《だ》しちゃった……」

そういえば、前《まえ》にわたしが佐々木《ささき》くんのことで困《こま》ってた時《とき》、友紀《ゆき》ちゃんそんなこと言《い》ってたな。

「友紀《ゆき》ん家《ち》がほかの女子《じょし》の家《いえ》から離《はな》れてるから、放課後《ほうかご》あんまり遊《あそ》べなくてつまらないとか言《い》ってたな。くだらなすぎる」

浩介《こうすけ》くんはうんざりした顔《かお》をした。

「そんなことで？　友紀《ゆき》ちゃんのせいじゃないじゃん！」

ムカッとしてわたしは言《い》う。

家《いえ》の場所《ばしょ》なんて自分《じぶん》では決《き》められないのに、そんなことで悪口言《わるぐちい》うなんて許《ゆる》せない。友紀《ゆき》ちゃんって優《やさ》しいいし、一緒《いっしょ》にいると楽《たの》しいのに。

「みんなはさ、とくに約束《やくそく》しなくても放課後《ほうかご》お家《うち》に遊《あそ》びに行《い》けるけど、わたしはそうじゃないじゃない？　ちゃんと約束《やくそく》して、ママに車《くるま》で連《つ》れていってもらわないといけないから、毎日遊《まいにちあそ》ぼって誘《さそ》ってたら、それが嫌《いや》だったみたい……それからはちょっと気《き》をつけるようにしたんだ」

いつもより元気《げんき》のない友紀《ゆき》ちゃんに、わたしは思《おも》わず声《こえ》を上《あ》げた。

「それ、友紀《ゆき》ちゃんのいいところだよ！　わたしは友紀《ゆき》ちゃんが遊《あそ》ぼって言《い》ってくれるのうれしいよ。転校《てんこう》してきたはじめの日《ひ》に一緒《いっしょ》に帰《かえ》ろって言《い》ってくれなかったら、わたしたちこんなに仲《なか》よくなれなかったよ！」

ちょっと大《おお》きい声《こえ》になっちゃった。

友紀《ゆき》ちゃんも浩介《こうすけ》くんもびっくりしてる。

友紀《ゆき》ちゃんが、ふふって笑《わら》った。

「うん、ありがと」

でもすぐに真剣《しんけん》な表情《ひょうじょう》に戻《もど》った。

「さっきの女《おんな》の子《こ》たちのこと、小鳥《おどり》ちゃんは気《き》がついていなかったみたいだけど、知《し》ったら嫌《いや》な気持《きも》ちになるんじゃないかな……」

「うん、そうだね……」

思《おも》い出《だ》すかぎり、家《いえ》でも小鳥《おどり》はご機嫌《きげん》だ。きっとあんな風《ふう》に言《い》われてることに気《き》がついていないんだろうな。

だけど知《し》っちゃったら、きっと嫌《いや》な気持《きも》ちになるよね……

わたしの胸《むね》は悲《かな》しい気持《きも》ちでいっぱいになった。


放課後《ほうかご》、ランドセルを背負《せお》ったわたし、友紀《ゆき》ちゃん、浩介《こうすけ》くんの三人《さんにん》は、校庭《こうてい》のすみにやってきた。

小学校《しょうがっこう》と中学校《ちゅうがっこう》をへだてるフェンス近《ちか》くの木《き》の陰《かげ》に隠《かく》れて、部活中《ぶかつちゅう》のトラを見《み》てるんだ。

もくもくとランニングするトラを見《み》て、友紀《ゆき》ちゃんがため息《いき》をついた。

「はぁ〜！　やっぱり虎音《とおん》さまカッコいい。中学《ちゅうがく》のバスケ部《ぶ》って、あんまり強《つよ》くないんだけど、虎音《とおん》さまが入部《にゅうぶ》したから今年《ことし》は期待《きたい》できるって言《い》われてるんだよ。普段《ふだん》もカッコいいけど、やっぱりスポーツをしてる時《とき》の虎音《とおん》さまが一番《いちばん》だよね」

お姉《ねえ》ちゃんをそんな風《ふう》にほめられるって、なんかちょっと照《て》れくさい。

でも、友紀《ゆき》ちゃんの言《い》う通《とお》り、まっすぐに前《まえ》を見《み》て、グラウンドを走《はし》るトラはカッコいい。

しょっちゅう筋《きん》トレに誘《さそ》われたり、ごはんの時《とき》におかずを山盛《やまも》りにされるのは困《こま》るけど、バスケに一生懸命《いっしょうけんめい》でいつも努力《どりょく》してるところはすごいなって思《おも》う。

「わたしが虎音《とおん》さま派《は》になったのは、四月《しがつ》の新人戦《しんじんせん》を中学《ちゅうがく》の体育館《たいいくかん》に見《み》にいった時《とき》なんだよ。新人戦《しんじんせん》って体力《たいりょく》を見《み》るだけみたいな感《かん》じなんだけど、もうその時《とき》から虎音《とおん》さまは本気《ほんき》モードでさ、カッコよかった～」

「……だけど、ほかの部員《ぶいん》はあんまり本気《ほんき》じゃないみたいだな」

浩介《こうすけ》くんの言葉《ことば》を聞《き》いて、わたしはトラ以外《いがい》の部員《ぶいん》たちを見《み》る。

たしかにトラ以外《いがい》の部員《ぶいん》は、あんまりやる気《き》はなさそうだ。二《に》、三人《さんにん》ずつ固《かた》まっておしゃべりしながらゆっくり走《はし》ってる。

トラがグラウンドを何周《なんしゅう》も走《はし》る間《あいだ》に、ようやく一周回《いっしゅうまわ》る感《かん》じ。みんなをぐんぐん追《お》い抜《ぬ》くトラはなんだかちょっと目《め》を引《ひ》く存在《そんざい》だった。

その姿《すがた》に、わたしの胸《むね》がざわざわとした。

悪口《わるぐち》を言《い》われているわけじゃないけど……

「あ！　子鹿《こじか》ちゃん、獅音《しおん》さまだよ」

友紀《ゆき》ちゃんが声《こえ》を上《あ》げて指《ゆび》をさす。

その方向《ほうこう》に、しーちゃんがいた。

肩《かた》の上《うえ》で切《き》りそろえられた髪《かみ》をなびかせて、さっそうと校庭《こうてい》を横切《よこぎ》っていく。

わたしたちと離《はな》れた場所《ばしょ》でフェンスにしがみついていた六年生《ろくねんせい》の女子《じょし》たちから、きゃーっていう声《こえ》が上《あ》がった。

しーちゃん、あいかわらず人気《にんき》だなぁ。

六年生《ろくねんせい》だけじゃなくて、部活中《ぶかつちゅう》のほかの生徒《せいと》たちも、やっていたことをいったんやめて校門《こうもん》に向《む》かって歩《ある》いていくしーちゃんを見《み》ていた。

……でも誰《だれ》も声《こえ》をかけない。

バイバイとか、また明日《あした》ねとか、わたしが下校《げこう》する時《とき》にクラスの子《こ》たちとするようなやり取《と》りは全然《ぜんぜん》なかった。

「よし、行《い》くぞ」

浩介《こうすけ》くんはそう言《い》って小学校《しょうがっこう》の校門《こうもん》へ向《む》かって歩《ある》き出《だ》す。

わたしと友紀《ゆき》ちゃんはあわててあとを追《お》った。

「ついていくの？　しーちゃん多分《たぶん》スーパーに寄《よ》って帰《かえ》るけど」

「それを見《み》にいくんだよ。スーパーでどう見《み》られているか確認《かくにん》しないと」

かくれてあとをつけるなんて、なんだかちょっと申《もう》し訳《わけ》ない気《き》がする。

でも、たしかにスーパーでのしーちゃんを知《し》りたかった。

これも家族《かぞく》のひみつを守《まも》るためって、わたしは自分《じぶん》に言《い》い聞《き》かせた。

校門《こうもん》を出《で》て、わたしたちは、しーちゃんに気《き》づかれないように少《すこ》し離《はな》れてあとを追《お》う。

スーパーに着《つ》くと、しーちゃんは店内《てんない》を歩《ある》きながら、カゴにどんどん食材《しょくざい》を入《い》れていく。

にんじん、じゃがいも、玉《たま》ねぎ、お肉《にく》。

そのラインナップに、わたしの胸《むね》がはずんだ。

今日《きょう》のメニューは、カレーだ！　わたし、しーちゃんのカレー大好《だいす》きなんだ。トラに言《い》われなくても、いつもよりたくさん食《た》べちゃうんだよね。

材料《ざいりょう》をカゴに入《い》れたしーちゃんは、次《つぎ》にスパイス売《う》り場《ば》に立《た》ち寄《よ》って、難《むずか》しい表情《ひょうじょう》で棚《たな》をにらんでいる。

なにしてるのかな？

少《すこ》し考《かんが》えて、ピンとくる。

うりのためにスパイスを選《えら》んでるんだ。カレーの本場《ほんば》インドで育《そだ》ったうりには、日本《にほん》のカレーはもの足《た》りないみたい。いつもちょっと変《へん》な顔《かお》をして食《た》べてる。

しーちゃんって本当《ほんとう》に優《やさ》しい。

夜《よる》ごはんを作《つく》るだけでも大変《たいへん》なのに、世界中《せかいじゅう》から集《あつ》まったきょうだいみんながおいしく食《た》べられるように、あれこれ工夫《くふう》してくれてるんだもん。

勝手《かって》にあとをついてきた罪悪感《ざいあくかん》はあるけど、こんなしーちゃんを見《み》られてよかったな。

わたしはそう思《おも》ったんだけど。

「ほら、あの子《こ》よ。丘《おか》の上《うえ》のお家《うち》の……」

「あら、また子《こ》どもがひとりで買《か》い物《もの》に来《き》てるのね」

ヒソヒソとうわさしているおばさんたちを発見《はっけん》。

「この前《まえ》まではお母《かあ》さんもいたのに、また最近《さいきん》お兄《にい》ちゃんだけになったのよね」

「お母《かあ》さんはなにをしてるのかしら……」

やっぱり浩介《こうすけ》くんが言《い》っていたことは本当《ほんとう》だったんだ。

わたしたちはしーちゃんに気《き》づかれないようにそっとスーパーを出《で》た。

海沿《うみぞ》いの道《みち》を歩《ある》きながら、わたしは暗《くら》い気持《きも》ちで口《くち》を開《ひら》く。

「浩介《こうすけ》くんの言《い》う通《とお》りだったね。小鳥《おどり》もトラもしーちゃんも目立《めだ》つことはしてないけど、注目《ちゅうもく》されちゃってる」

このままじゃ、ママが家《いえ》にいないのがバレるのは時間《じかん》の問題《もんだい》って感《かん》じだ。

それももちろんまずいけど、それよりも、今《いま》は別《べつ》のことが心配《しんぱい》だった。

「学校《がっこう》でも町《まち》でもみんなちょっと浮《う》いてるって感《かん》じなんだね。わたし全然《ぜんぜん》知《し》らなかった」

トラもしーちゃんも小鳥《おどり》も、まだこの町《まち》になじめてないって感《かん》じ。

友《とも》だち……いないみたい。

友紀《ゆき》ちゃんがうなずいた。

「みんなちょっと近《ちか》よりがたいって感《かん》じがするよね。わたしも子鹿《こじか》ちゃんが引《ひ》っ越《こ》してくるまでは、家《いえ》が近《ちか》くても話《はな》しかけられなかったし」

「友紀《ゆき》が話《はな》しかけられないなら、ほかの子《こ》は無理《むり》だな」

浩介《こうすけ》くんが言《い》って、友紀《ゆき》ちゃんがほっぺをふくらませた。

「なによーもー」

ふたりの会話《かいわ》を聞《き》きながら、わたしの気分《きぶん》はしずんでいく。

引《ひ》っ越《こ》してきてすぐに友紀《ゆき》ちゃんと仲《なか》よしになれたから、わたしより先《さき》に引《ひ》っ越《こ》してきたほかのきょうだいもそうなんだろうって勝手《かって》に思《おも》ってた。

この町《まち》に来《き》てから自分《じぶん》のことで手一杯《ていっぱい》で、ほかのきょうだいのこと全然考《ぜんぜんかんが》えてなかったんだ。

みんながどういう状況《じょうきょう》なのか知《し》らなかったし、知《し》ろうともしなかった。

……なんだかそれがすごく申《もう》し訳《わけ》なかった。

## 3　家族《かぞく》の大《だい》ピンチ

調査《ちょうさ》を終《お》えたわたしは家《いえ》に帰《かえ》る前《まえ》に、うりの保育園《ほいくえん》に寄《よ》る。

トラの部活《ぶかつ》の公式戦《こうしきせん》が終《お》わるまでは練習《れんしゅう》で帰《かえ》りが遅《おそ》くなるから、それまでわたしがうりのむかえをすることになったんだ。

ついてきてくれた浩介《こうすけ》くんと友紀《ゆき》ちゃんと三人《さんにん》で、うりを年長《ねんちょう》さんの教室《きょうしつ》から連《つ》れてくる。

保育園《ほいくえん》の駐車場《ちゅうしゃじょう》を通《とお》りかかった時《とき》、女《おんな》の人《ひと》に話《はな》しかけられた。

「あら、うりくん、こんにちは」

ママくらいの年《とし》の人《ひと》だけど、全然雰囲気《ぜんぜんふんいき》が違《ちが》う。メガネをかけててちょっときびしそう。学《がっ》校《こう》の先生《せんせい》みたいな感《かん》じがする人《ひと》だ。

髪《かみ》をふたつ結《むす》びにした女《おんな》の子《こ》を連《つ》れている。

「今日《きょう》はお姉《ねえ》ちゃんがおむかえ？」

「はい、こんにちは」

ちょっとびっくりしながらわたしは答《こた》える。

保育園《ほいくえん》へうりを送《おく》るのはわたしだし、おむかえも何度《なんど》かしたことはあるけど、ほかの子《こ》のママに話《はな》しかけられるなんてはじめて。

「ママのお手伝《てつだ》いえらいわね。大変《たいへん》じゃない？」

「大丈夫《だいじょうぶ》です。家《いえ》に連《つ》れてかえるだけだから」

「そう？　だけど子《こ》どもが子《こ》どもを連《つ》れてかえるなんて。ママ、そんなに忙《いそが》しいの？」

「はい……まぁ」

ちょっとドキドキしながらわたしは答《こた》える。

「ママは何時《なんじ》までお仕事《しごと》なの？」

「え？　……えーっと、ママはお客《きゃく》さんの都合《つごう》で働《はたら》いてるから遅《おそ》くなることもあって……」

前《まえ》にしーちゃんが浩介《こうすけ》くんに言《い》っていたことを思《おも》い出《だ》しながら返答《へんとう》する。

うそをつくのはダメだけど、ママがお仕事《しごと》の都合《つごう》で帰《かえ》ってこられないのは本当《ほんとう》。だから、ギリギリセーフ……だよね？

でも女《おんな》の子《こ》のママは全然納得《ぜんぜんなっとく》してなさそう。

「だけど、それなら延長保育《えんちょうほいく》もあるのに――」

「ねー、ママもう行《い》こうよ。琴音《ことね》のどがかわいたよ〜」

女《おん》の子《こ》がママの言葉《ことば》をさえぎって、手《て》を引《ひ》っぱった。

「琴音《ことね》ちゃん、待《ま》って。ママ大切《たいせつ》なお話《はなし》が――」

「じゃあ琴音《ことね》は車《くるま》の中《なか》で待《ま》ってるね」

琴音《ことね》ちゃんって呼《よ》ばれた子《こ》はそう言《い》って、赤《あか》い車《くるま》の方《ほう》へ歩《ある》いていく。

琴音《ことね》ちゃんのママはまだまだ聞《き》きたいことがありそうだけど、あきらめたみたい。ため息《いき》をついた。

「じゃあ、うりくん、お姉《ねえ》ちゃん、さようなら」

「さようなら」

わたしはホッと息《いき》をついた。

「ねえ、今日《きょう》は公園《こうえん》行《い》ける？」

「今日《きょう》はダメよ。このあとお教室《きょうしつ》があるからね」

「えー！　琴音《ことね》、お教室《きょうしつ》やだ！　お勉強《べんきょう》きらい」

そんなやり取《と》りをしながら、ふたりは車《くるま》に乗《の》りこんだ。車《くるま》が駐車場《ちゅうしゃじょう》から出《で》ていったあと、わたしはうりに確認《かくにん》する。

「うり、さっきの子《こ》ってだれ？　仲《なか》よし？」

「杉山琴音《すぎやまことね》ちゃん、同《おな》じクラスだけど、別《べつ》に仲《なか》よしじゃないよ」

なんだかすごく嫌《いや》な予感《よかん》。うりと琴音《ことね》ちゃんは仲《なか》よしじゃないのに、わざわざ話《はな》しかけてきてママのことを聞《き》かれたんだ。これってもしかして……

「今《いま》の人《ひと》だよ。保育園《ほいくえん》の送《おく》りむかえを子《こ》どもがしてるのが問題《もんだい》だって言《い》ってるの」

浩介《こうすけ》くんが言《い》った。

やっぱり。ただ聞《き》かれてただけなのに、すごく探《さぐ》られてる感《かん》じだったもん。

「あの人《ひと》、杉山医院《すぎやまいいん》の院長先生《いんちょうせんせい》の奥《おく》さんなんだ。この町《まち》では有名《ゆうめい》な人《ひと》なんだぜ」

杉山医院《すぎやまいいん》？　首《くび》をかしげたわたしに、友紀《ゆき》ちゃんが説明《せつめい》してくれる。

「杉山医院《すぎやまいいん》って、はるかぜ町《ちょう》にひとつだけの病院《びょういん》なんだ。風邪《かぜ》をひいたらみんなそこへ行《い》くんだよ。あの子《こ》のパパが院長《いんちょう》」

「さっき、野々山《ののやま》にいろいろ質問《しつもん》してたのは、野々山家《ののやまけ》の様子《ようす》を探《さぐ》るためだって絶対《ぜったい》」

浩介《こうすけ》くんが言《い》い切《き》った。

「この町《まち》の母《かあ》ちゃんたちのリーダーみたいな存在《そんざい》なんだよ。あの人《ひと》が『問題《もんだい》だ』って言《い》うから、ほかの大人《おとな》も心配《しんぱい》になるんだろうってうちの母《かあ》ちゃんが言《い》ってた」

「ほぇ〜！　こーすけ、あんた本当《ほんとう》になんでも知《し》ってるんだね。いっつもそうやってママとパパから話《はなし》を聞《き》いてるの？」

「ちっ違《ちが》うよ、父《とう》ちゃんと母《かあ》ちゃんが家《いえ》で話《はな》してるのが耳《みみ》に入《はい》ってくるんだよ。だけどいつもは人《ひと》には言《い》わないぜ」

「どうだか」

「本当《ほんとう》だって！　そもそも友紀《ゆき》が、オレにスパイみたいなことをしろって言《い》ったんじゃないか」

言《い》い合《あ》うふたりに、わたしはあわてて口《くち》をはさんだ。

「友紀《ゆき》ちゃん、浩介《こうすけ》くん、ありがとう。ふたりが味方《みかた》になってくれてよかったよ。わたしだけじゃママのひみつを守《まも》りきれなかった」

今《いま》だって浩介《こうすけ》くんからの情報《じょうほう》がなかったら、知《し》らないうちに言《い》っちゃいけないことを言《い》ってたかもしれないもん。

浩介《こうすけ》くんが照《て》れくさそうに鼻《はな》をかいた。

「たいしたことじゃないけどな。あのママは要注意人物《ようちゅういじんぶつ》だけど、逆《ぎゃく》にあのママを納得《なっとく》させられれば、うわさはおさまるかもしれない」

「あのママを？」

友紀《ゆき》ちゃんが浩介《こうすけ》くんに同意《どうい》した。

「あーそれ、なんとなくわかる。わたしが悪口《わるぐち》を言《い》われてた時《とき》も女《おんな》の子《こ》グループのリーダーって感《かん》じの子《こ》を先生《せんせい》に注意《ちゅうい》してもらったら、おさまったもん」

つまりリーダーっぽい人《ひと》の言《い》うことにみんな影響《えいきょう》されちゃうってことか。

だけどそれ、すっごく難《むずか》しそう。さっきだって全然《ぜんぜん》ごまかしきれていない感《かん》じだった。

「とにかく琴音《ことね》ちゃんのママには気《き》をつけよう、子鹿《こじか》ちゃん。わたしもこれから毎日《まいにち》うりくんのおむかえには付《つ》き合《あ》うからさ、今日《きょう》みたいに話《はな》しかけてきたら、うまくごまかして、子鹿《こじか》ちゃんのママが家《いえ》にいるって思《おも》ってもらおう」

「う、うん……」

あの人《ひと》を納得《なっとく》させるなんてことできるのかな……


ママのスマートフォンに琴音《ことね》ちゃんのママからメッセージが届《とど》いたのは、夜《よる》ごはんを食《た》べたあとだった。

「こんな田舎《いなか》のスーパーでも、いいスパイスがあるんだね。びっくりだよ！」

わたしとしーちゃんが夕食《ゆうしょく》の後《あと》かたづけをしているとなりで、うりがご機嫌《きげん》な声《こえ》を出《だ》した。

しーちゃんが選《えら》んだスパイスは、うりの口《くち》に合《あ》ったみたい。

うり用《よう》に取《と》り分《わ》けてスパイスを加《くわ》えたカレーは、いつもうりが食《た》べる分《ぶん》よりたくさんあったけど、全部《ぜんぶ》きれいになくなった。

「虫《むし》しかいない田舎《いなか》だと思《おも》ってたけど、意外《いがい》にやるじゃん、はるかぜ町《ちょう》」

お皿《さら》をふきながら、わたしはくすくす笑《わら》っちゃう。

素直《すなお》においしかったって言《い》えばいいのに。

カレーを食《た》べてご機嫌《きげん》のうり、なんかいつもよりかわいい。

しーちゃんもうれしそうに空《から》っぽになったお鍋《なべ》を洗《あら》ってる。

「よかったね、うり。しーちゃん、真剣《しんけん》にスパイスを選《えら》んでくれたんだよ」

一生懸命《いっしょうけんめい》スパイスを選《えら》んだしーちゃんの努力《どりょく》が伝《つた》わってうれしい。わたしがうりにそう言《い》う

と、しーちゃんが首《くび》をかしげた。

「子鹿《こじか》、どうしてボクがスパイスを真剣《しんけん》に選《えら》んだって知《し》ってるの？」

「あ……、えーっと、きっとそうなんだろうなーって思《おも》って……」

しまった。あとをつけてスーパーへ行《い》ったのは、ないしょだったんだ。手《て》を止《と》めて言《い》い訳《わけ》をしていると、柱《はしら》にかけてあるママのスマートフォンが鳴《な》る。

しーちゃんがお皿《さら》を洗《あら》うのをやめて手《て》をふいた。

わたしはホッとして、画面《がめん》を確認《かくにん》するしーちゃんを見《み》る。

洗濯物《せんたくもの》をたたんでいるトラも、踊《おど》りながら机《つくえ》をふいていた小鳥《おどり》も、みんなしーちゃんに注目《ちゅうもく》した。

ママからのメッセージかもしれないからだ。

「杉山《すぎやま》さん……？」

しーちゃんが首《くび》をかしげてつぶやいた。

その名前《なまえ》にわたしはドキッとする。

しーちゃんがうりを見《み》た。

「うり、杉山琴音《すぎやまことね》ちゃんのママから遊《あそ》ぼうっていうお誘《さそ》いのメッセージが来《き》てるけど。琴音《ことね》ちゃんがうりと遊《あそ》びたいって言《い》ってるみたい」

「琴音《ことね》ちゃん……ということは、女《おんな》の子《こ》か！　やるじゃん、うり」

トラがうりをからかった。

「ちっ、違《ちが》うよっ！　ただクラスが一緒《いっしょ》なだけ」

そう言《い》ってうりは、わたしの方《ほう》をちらりと見《み》た。

「それにその話《はなし》、きっと裏《うら》があるよ」

わたしと同《おな》じことを考《かんが》えたみたい。

今日《きょう》の帰《かえ》り道《みち》での出来事《できごと》を考《かんが》えたら、ただの遊《あそ》びのお誘《さそ》いじゃない……よね。

「裏《うら》がある？」

「どういうこと？」

不思議《ふしぎ》そうにするトラとしーちゃんに、わたしは説明《せつめい》する。

「琴音《ことね》ちゃんのママはね、わたしたちのママが家《いえ》にいないんじゃないかって疑《うたが》ってるの。今日《きょう》の帰《かえ》りに声《こえ》をかけられて、ママのことを聞《き》かれた。きっと琴音《ことね》ちゃんと遊《あそ》ぼうっていうのは、ママも一緒《いっしょ》についてきて、うちのことを探《さぐ》りたいからじゃないかな……」

わたしの話《はなし》に、トラとしーちゃんは深刻《しんこく》な表情《ひょうじょう》になった。

「そういうことか、それはまずいね」

「そこまでして家《いえ》のことを知《し》りたいなんて、うっとおしいなぁ」

ほかの家《いえ》のママのこと、そんな風《ふう》に言《い》っちゃいけないような気《き》がするけど、わたしも同《おな》じ気《き》持《も》ちだった。

今日《きょう》の琴音《ことね》ちゃんの様子《ようす》だと、うりと遊《あそ》びたいって言《い》ってるのはうそだと思《おも》う。わざわざうそをついてまで家《いえ》のことを探《さぐ》ろうとするなんて。

「じゃあ、忙《いそが》しいから遊《あそ》べないってメッセージを返《かえ》しとく。ママから簡単《かんたん》なメッセージなら代《か》わりに返《かえ》していいって言《い》われてるし」

さっそくしーちゃんは、メッセージを打《う》ちはじめる。

「『申《もう》し訳《わけ》ありません。仕事《しごと》の休《やす》みが取《と》れないため、しばらくは難《むずか》しそうです』っと。これでいいよね」

「楽勝《らくしょう》、楽勝《らくしょう》」

ふたりは言《い》って送信《そうしん》する。

わたしとうりは顔《かお》を見合《みあ》わせた。

琴音《ことね》ちゃんのママ、それで納得《なっとく》するかなぁ？

返事《へんじ》はすぐに来《き》た。

「おっ、返事《へんじ》」

トラがしーちゃんが持《も》っているスマートフォンの画面《がめん》を確認《かくにん》して「げ」と声《こえ》を出《だ》した。

『野々山《ののやま》さんのご都合《つごう》に、こちらが合《あ》わせます。たしか寺中写真館《てらなかしゃしんかん》の定休日《ていきゅうび》は水曜日《すいようび》でしたよね？　次《つぎ》の水曜日《すいようび》はちょうど祝日《しゅくじつ》で、保育園《ほいくえん》も休《やす》みですから子《こ》どもたちもたいくつでしょうし、いかがですか？』

やっぱり……全然納得《ぜんぜんなっとく》してないどころか、ますます疑《うたが》われてるんじゃない？

写真館《しゃしんかん》の定休日《ていきゅうび》まで調《しら》べられてるなんて。

小鳥《おどり》がうなった。

「うーむ。とっても、どすこいなママですね」

わたしは目《め》をパチパチさせてトラと顔《かお》を見合《みあ》わせる。

どすこいって……？

「それを言《い》うなら、しつこい、だろ？　相撲《すもう》かよ」

わたしとトラは噴《ふ》き出《だ》して、笑《わら》ってしまう。

小鳥《おどり》が、えへへと頭《あたま》をかいた。

「しつこいでしたか」

「だけどこのままじゃ、完全《かんぜん》に疑《うたが》われたまま。保育園《ほいくえん》が休《やす》み、寺中写真館《てらなかしゃしんかん》も休《やす》みの日《ひ》に、ママが家《いえ》にいないなんておかしいもん」

しーちゃんが真剣《しんけん》な顔《かお》で言《い》って、みんなはまたしーんとなった。

「その日《ひ》は予定《よてい》があって留守《るす》にするって言《い》えばいいんじゃない？」

「だけどあのママだと、本当《ほんとう》に出《で》かけているか見《み》に来《く》るかも」

「っていうか確実《かくじつ》に来《き》そうだね」

「じゃあ本当《ほんとう》に出《で》かけなきゃ」

だけどそうしてもまた別《べつ》の日《ひ》に遊《あそ》びたいって言《い》うんじゃないかな？

あのママ、簡単《かんたん》に引《ひ》き下《さ》がってくれそうにない。

そんなことをくりかえしてると、ますます疑《うたが》われちゃう……。

「よーし！　そんなら遊《あそ》びに来《き》てもらえばいいじゃんか！　受《う》けて立《た》つよ、かかってこい琴音《ことね》ちゃんママ」

突然《とつぜん》トラが大《おお》きな声《こえ》でそう言《い》った。

「トラ、本気《ほんき》？」

トラはしーちゃんの言葉《ことば》にうなずいて、うりに聞《き》く。
「うり、琴音《ことね》ちゃんとは別《べつ》に仲《なか》よしじゃないんだよな」
「うん、保育園《ほいくえん》でも一緒《いっしょ》に遊《あそ》んだことないよ」
「そのママは、琴音《ことね》ちゃんがうりと遊《あそ》びたいっていう理由《りゆう》で来《く》るんだろ？　だったら来《き》ても
らったらいいんだよ。そんで、その琴音《ことね》ちゃんに『つまらない。うりくんの家《いえ》にはもう来《き》たく
ない』って言《い》ってもらえばいいんだよ」
たしかにそうすれば、もう来《こ》ない。嫌《いや》がる琴音《ことね》ちゃんを無理《むり》やり連《つ》れてくるなんてしないも
んね。だけどそのために……。
「いじわるするの……？」
わたしはドキドキしてトラに問《と》いかける。
琴音《ことね》ちゃんのママはやっかいだけど、琴音《ことね》ちゃんは悪《わる》くないのに。
ちょっとかわいそうな気《き》がする。
「そんなことしなくても簡単《かんたん》だよ。ボクと琴音《ことね》ちゃん、全然遊《ぜんぜんあそ》びが違《ちが》うんだ。ボクは本《ほん》を読《よ》む
のが好《す》きだけど、琴音《ことね》ちゃんは鬼《おに》ごっこしたり紙《かみ》ひこうきを飛《と》ばしたり、ちっともじっとして
ないんだ。一緒《いっしょ》に遊《あそ》んでも絶対《ぜったい》につまらない」

うりが言《い》った。

たしかに、それならもう遊《あそ》びたくないって言《い》うかも。

「じゃあ、当日《とうじつ》はママは急《きゅう》な仕事《しごと》が入《はい》って、出《で》かけちゃったってことにしようか。たった今《いま》までいたふうにしよう」

しーちゃんの意見《いけん》にみんなが賛成《さんせい》した。

「よし決《き》まりだ！　水曜日《すいようび》は、琴音《ことね》ちゃんに『この家《いえ》はつまらない。もう来《き》たくない』って言《い》ってもらおう！」

こぶしを作《つく》ってトラが宣言《せんげん》した。

こうしてわたしたちは、水曜日《すいようび》、『つまらない大作戦《だいさくせん》』を決行《けっこう》することになったんだ。

## 4　つまらない大作戦《だいさくせん》！

むかえた『つまらない大作戦《だいさくせん》』当日《とうじつ》。約束《やくそく》の時間《じかん》のお昼一時《ひるいちじ》。

わたしたちは庭《にわ》から、琴音《ことね》ちゃん親子《おやこ》がぐねぐね道《みち》を上《のぼ》ってくるのを見《み》ている。

「あの坂《さか》でギブアップして、もう二度《にど》と来《き》たくないって思《おも》ってくれたら手《て》っ取《と》り早《ばや》いんだけど」

トラのつぶやきに、わたしはふふって笑《わら》ってしまう。

「はじめての人《ひと》にはキツイよね。わたしもはじめに来《き》た時《とき》はつらかった」

「ぶっ倒《たお》れたもんな」

「あれは、みんなの声《こえ》にびっくりしたんだよ」

そんな話《はなし》をしていると、となりでうりが首《くび》を横《よこ》に振《ふ》った。

「琴音《ことね》ちゃんは、あれくらいの坂《さか》は平気《へいき》だと思《おも》うよ。お外遊《そとあそ》びの時《とき》もずーっと走《はし》り回《まわ》ってるもん」

うりの言《い》う通《とお》り、琴音《ことね》ちゃんは元気《げんき》いっぱいスキップをしている。全然大丈夫《ぜんぜんだいじょうぶ》そう。

坂《さか》を上《のぼ》るにつれてゆっくりになるママの手《て》を引《ひ》っぱって、早《はや》くここまで来《き》たいって感《かん》じ。

「坂《さか》でギブアップさせるのは無理《むり》か」

トラがつぶやいて、わたしたちに向《む》かって確認《かくにん》する。

「いい？　今日《きょう》の目的《もくてき》は、琴音《ことね》ちゃんに『つまらない、もう来《き》たくない』って言《い》ってもらうこと。いじわるはしちゃダメ。だけど全力《ぜんりょく》で、つまらない時間《じかん》になるように心《こころ》がけよう。わかった？」

「はーい！　小鳥《おどり》がんばりまーす！」

「了解《りょうかい》、ボクは保育園《ほいくえん》にいる時《とき》と同《おな》じようにやるよ」

あんなにルンルンで坂《さか》を上《のぼ》ってくる琴音《ことね》ちゃんに「つまらない」って言《い》わせるなんて、なんだかかわいそう。

でも家族《かぞく》のひみつを守《まも》るためだもん、仕方《しかた》ないよね。

わたしも無言《むごん》でうなずいた。

「うりくーん！　こんにちは！」

坂《さか》を上《のぼ》りきった琴音《ことね》ちゃんが手《て》を振《ふ》りながら、こっちまでかけてきた。

琴音《ことね》ちゃんのママはそのあとをぐったりしながらやってくる。ボロボロのはるかぜ荘《そう》にびっくりしてるみたいで、けわしい表情《ひょうじょう》になった。

「こんにちは」

思《おも》わずわたしはにっこりして、琴音《ことね》ちゃんに声《こえ》をかける。

この前《まえ》は気《き》がつかなかったけど、琴音《ことね》ちゃんってほっぺがぷくぷくして目《め》がくりくり。笑顔《えがお》がかわいい子《こ》なんだ。

今日《きょう》は水色《みずいろ》の花柄《はながら》ワンピースを着《き》て、さくらんぼのかざりがついたゴムで髪《かみ》をふたつ結《むす》びにしてる。

保育園《ほいくえん》の時《とき》と違《ちが》って、ちょっとおめかししてる？

「さくらんぼ、かわいいね」

しーちゃんがしゃがんで琴音《ことね》ちゃんのゴムを指《ゆび》さした。かわいい小物《こもの》が大好《だいす》きだから言《い》わずにいられなかったみたい。

「パパがくれたんだ！」

「そうなんだ。それにこのワンピースもかわいい。よく似合《にあ》ってるよ」

「これはママが選《えら》んでくれたの。琴音《ことね》、本当《ほんとう》はズボンが好《す》きなんだけど……」

「そう？　すっごくかわいい。琴音《ことね》ちゃんのママはセンス抜群《ばつぐん》だね！」

しーちゃんの言葉《ことば》に、琴音《ことね》ちゃんのママはびっくりしたのか目《め》をパチパチさせている。

一瞬《いっしゅん》、笑《わら》いかけたみたいにも見《み》えたけど、すぐにまたけわしい表情《ひょうじょう》に戻《もど》った。

「ありがとう、うりくんのお姉《ねえ》ちゃん！」

「どういたしまして、だけどボクはお姉《ねえ》ちゃんじゃなくてお兄《にい》ちゃんなんだ」

しーちゃんが意味《いみ》ありげに言《い》ってにっこりと笑《わら》う。

琴音《ことね》ちゃんが不思議《ふしぎ》そうに首《くび》をかしげた。

「え？　お姉《ねえ》ちゃんみたいに見《み》えるのに？」

「そう、お兄《にい》ちゃん。お姉《ねえ》ちゃんみたいに見《み》えるお兄《にい》ちゃん」

「えー！　ふふふ、おもしろい」

琴音《ことね》ちゃんがくすくすと笑《わら》ってる。やっぱり笑顔《えがお》がかわいい子《こ》だ。

「えへんえへん」

その時《とき》、ちょっとわざとらしいトラのせきばらいがふたりの会話《かいわ》をさえぎった。ジロリと
しーちゃんをにらんでる。

そこでわたしはハッとした。

そうだ！　今日《きょう》の作戦《さくせん》の目的《もくてき》は、琴音《ことね》ちゃんに「つまらない」って言《い》ってもらうこと。

それなのにさっそく楽《たの》しんでもらってる。

危《あぶ》ない危《あぶ》ない。

「今日《きょう》はありがとうございます。ところで、ママはどうされたのかしら？」

琴音《ことね》ちゃんのママが周《まわ》りをぐるりと見回《みまわ》してトラにたずねた。

「午前中《ごぜんちゅう》に仕事《しごと》が入《はい》ったらしく出《で》かけました。今日《きょう》はあたしと獅音《しおん》が任《まか》されています」

「あら……そうなの。でも今日《きょう》は定休日《ていきゅうび》なのに大変《たいへん》ね」

「カメラマンはお客《きゃく》さまあっての仕事《しごと》ですから」

トラがキッパリと言《い》い切《き》った。

やっぱりトラって頼《たよ》りになる。大人相手《おとなあいて》にこんなにどうどうとしてるなんて。わたしならたじたじになっちゃうよ。

「まぁ……それはそうね」

「中《なか》へどうぞ」

トラが言《い》って玄関《げんかん》へ行《い》く。ドアをガラガラと開《あ》けた。

「おじゃまします」

「おじゃましまーす！」

そのドアを見《み》て、ママはちょっとびっくりしてる。

ドアのガラスが割《わ》れちゃって、ダンボールが貼《は》ってあるところだ。

「ねえ、ここ。どうして紙《かみ》が貼《は》ってあるの？」

琴音《ことね》ちゃんが、わたしの服《ふく》を引《ひ》っぱった。

気《き》になるよね。わたしもはじめて来《き》た時《とき》はびっくりしたもん。

「これね、ドアのガラスが割《わ》れちゃってるの。ガラスでケガしたら危《あぶ》ないし、外《そと》から猫《ねこ》とか虫《むし》とかが入《はい》ってこないようにしてるんだよ」

「そーなんだ！」

そこでわたしは夏休《なつやす》みのことを思《おも》い出《だ》した。

「あ、でもこの前《まえ》、大雨《おおあめ》が降《ふ》って風《かぜ》がビュービュー吹《ふ》いてた日《ひ》があったでしょ？　あの日《ひ》の夜《よる》、いつの間《ま》にかこのダンボールが外《はず》れちゃってて雨《あめ》が吹《ふ》き込《こ》んでたの」

「外《はず》れちゃったの？」

「そう、風《かぜ》が強《つよ》かったから。で、知《し》らない間《あいだ》に雨《あめ》が吹《ふ》き込《こ》んでて、ママの靴《くつ》がびしょ濡《ぬ》れ」

「えー！」

琴音《ことね》ちゃんが声《こえ》を上《あ》げた。

「朝《あさ》、お仕事《しごと》に行《い》こうとして、靴《くつ》をはいたら、冷《つめ》たい!! ってなってびっくりしたみたい。きゃー！ って声《こえ》を上《あ》げたんだ。家中《いえじゅう》に響《ひび》き渡《わた》って、もうびっくり！」

夏休《なつやす》みで学校《がっこう》がなかったわたしたちは、のんびり朝《あさ》ごはんを食《た》べてたのに、牛乳《ぎゅうにゅう》を噴《ふ》き出《だ》しそうになったんだ。

琴音《ことね》ちゃんがくすくす笑《わら》い出《だ》す。

「靴《くつ》がびしょびしょ！」

小鳥《おどり》もつられて笑《わら》う。

「ママのあの声《こえ》は、びっくりでした！ どうぞうが止《と》まりそうになりましたよ」

「それを言《い》うなら、心臓《しんぞう》だろ！ 銅像《どうぞう》ははじめから止《と》まってるよ」

すかさずうりがつっこんだ。

わたしがぷっと噴《ふ》き出《だ》した時《とき》。

突然《とつぜん》、琴音《ことね》ちゃんのママが、くるりとこちらに背《せ》を向《む》けた。肩《かた》がちょっと震《ふる》えてる。

もしかして……笑《わら》ってる？

けどこっちを向《む》いた時《とき》は真面目《まじめ》な顔《かお》に戻《もど》っていた。

なんだ、気《き》のせいか。

琴音《ことね》ちゃんがケラケラ笑《わら》ってうりに言《い》った。

「うりくんのお姉《ねえ》ちゃんたち、おもしろいね！」

「毎日《まいにち》これなんだよ」

うりがやれやれって感《かん》じで肩《かた》をすくめた時《とき》。

「えへんえへん」

またトラのせきばらいが聞《き》こえて、わたしはハッとして口《くち》を閉《と》じる。

まずい……琴音《ことね》ちゃんに『つまらない』って言《い》ってもらわなくちゃいけないのに、おもしろい話《はなし》はしちゃダメだったんだ。

「ドアのガラスが割《わ》れてるなんて危《あぶ》ないわね。ママは修理《しゅうり》しないのかな？」

琴音《ことね》ちゃんのママが、けわしい顔《かお》でトラに聞《き》いた。

「ママはすぐに修理《しゅうり》を依頼《いらい》しましたけど、修理屋《しゅうりや》さんとママの都合《つごう》が合《あ》わないみたいです」

トラがハキハキと答《こた》えた。

もちろん、これはうそ。ママはこのダンボールを全然《ぜんぜん》気《き》にしてない。

靴《くつ》がぬれちゃった時《とき》も、びっくりした〜って言《い》って笑《わら》ったあと、その靴《くつ》をはいて、お仕事《しごと》に行《い》っちゃった。

ヒマラヤとかジャングルで野生動物《やせいどうぶつ》を撮《と》る時《とき》は、服《ふく》はいつもぐちょぐちょ、どろどろ。乾《かわ》いた靴《くつ》をはいてることの方《ほう》が少《すく》ない……とかなんとか言《い》ってたな。

「こちらへどうぞ」

しーちゃんが言《い》って、みんなで家《いえ》の中《なか》に入《はい》った。

琴音《ことね》ちゃん親子《おやこ》はテーブルの前《まえ》に座《すわ》ってもらって、しーちゃんがお茶《ちゃ》をいれる。

「ありがとう」

お茶《ちゃ》を飲《の》む琴音《ことね》ちゃんママは、さりげなく家《いえ》の中《なか》を観察《かんさつ》している。

ちゃんとママが家《いえ》にいるか、確認《かくにん》してるんだ。

開《ひら》いたまま教科書《きょうかしょ》が飛《と》び出《だ》している小鳥《おどり》のランドセルをジッと見《み》て、またけわしい表情《ひょうじょう》になる。

あ、あれはまずいかも。ママがいるお家《うち》なら、ランドセルはちゃんと片付《かたづ》けなさいって言《い》うよね。

まぁ家《うち》の場合《ばあい》はママがいても、叱《しか》られないんだけど。

琴音《ことね》ちゃんがうきうきしてうりに聞《き》いた。

「うりくん、なにして遊《あそ》ぶ？」

「なにもしないよ。今日《きょう》はボク、この図鑑《ずかん》を読《よ》むって決《き》めてるんだ」

「えー、せっかく遊《あそ》びに来《き》たのに」

「来《き》てほしいなんて頼《たの》んでないじゃんか」

うりってば冷《つめ》たい……

まぁ、もともと仲《なか》よしじゃないって言《い》ってたから仕方《しかた》がないのかもしれないけど。

楽《たの》しそうな琴音《ことね》ちゃんを見《み》たら胸《むね》がズキズキと痛《いた》む。

トラがいいぞその調子《ちょうし》だって顔《かお》をした。

だけど琴音《ことね》ちゃんはあんまり気《き》にならないみたい。畳《たたみ》を見《み》て首《くび》をかしげた。

「うりくんのお家《うち》の床《ゆか》、琴音《ことね》の家《いえ》と違《ちが》う。これどうして草《くさ》みたいなの？」

「畳《たたみ》だよ。井草《いぐさ》って草《くさ》を乾燥《かんそう》させて編《あ》んでるんだ。日本《にほん》の家《いえ》の床《ゆか》は、みんなこれなんじゃないの？」

「琴音《ことね》の家《いえ》は違《ちが》うよ。ふふふ、でもこれ気持《きも》ちいい～」

「このままお昼寝《ひるね》したっていいんだよ」

わたしが言《い》うと、琴音《ことね》ちゃんは目《め》を輝《かがや》かせて畳《たたみ》の上《うえ》に寝《ね》そべった。

ていった。

「ふふふ、気持《きも》ちいい〜」

「琴音《ことね》ちゃん、お行儀《ぎょうぎ》が悪《わる》いわよ」

ママが注意《ちゅうい》するけど、関係《かんけい》ないって感《かん》じ。いきなりでんぐり返《がえ》しで、となりの部屋《へや》へ転《ころ》がっていった。

そんな琴音《ことね》ちゃんに、トラが声《こえ》を上《あ》げる。

「お、でんぐり返《がえ》し、うまいじゃん」

「保育園《ほいくえん》の体操教室《たいそうきょうしつ》で習《なら》ったの。琴音《ことね》が一番《いちばん》にできるようになったんだよ！」

「へえ、やるね」

「琴音《ことね》、大《おお》きくなったら体操《たいそう》の先生《せんせい》になるんだ！　運動大好《うんどうだいす》きだもん」

琴音《ことね》ちゃんが得意《とくい》そうに言《い》う。

「あら、琴音《ことね》ちゃん、それはダメよ。琴音《ことね》ちゃんはお医者《いしゃ》さんになって、パパと病院《びょういん》をやるんでしょ。そのためにお教室《きょうしつ》へ行《い》ってるのに」

琴音《ことね》ちゃんのママが口《くち》をはさんだ。

そういえばこの前《まえ》も、琴音《ことね》ちゃんはお教室《きょうしつ》へ行《い》くって言《い》ってたな。

お教室《きょうしつ》って勉強《べんきょう》するところなんだ。

まだ保育園生《ほいくえんせい》なのに勉強《べんきょう》かぁ。すごいな。

琴音《ことね》ちゃんが口《くち》をとがらせた。

「だけど、琴音《ことね》、お勉強《べんきょう》、大嫌《だいきら》いなんだもん。ねえ、うりくんのお兄《にい》ちゃん。側転《そくてん》できる？」

「できるよ、楽勝《らくしょう》。……姉《ねえ》ちゃんだけどな」

「見《み》せて！　見《み》せて！」

琴音《ことね》ちゃんにせがまれて、トラはとなりの部屋《へや》へ行《い》く。そしてくるりと器用《きよう》に回《まわ》った。

「すっごーい！」

琴音《ことね》ちゃんが声《こえ》を上《あ》げて手《て》を叩《たた》いた。

さすがトラ。すっごくきれいな側転《そくてん》だ。

「すごいすごいすごいすごい」

琴音《ことね》ちゃんがぴょんぴょんはねる。

わたしとしーちゃんは顔《かお》を見合《みあ》わせた。

もしかして……いや、もしかしなくても。

トラ、作戦《さくせん》のこと忘《わす》れてる？

琴音《ことね》ちゃんにほめられてすっかりいい気分《きぶん》になってるみたい。

頼《たの》まれてもいないのに、もう一回《いっかい》くるり。

どっかーん！

押入《おしい》れのふすまにぶつかって、ふすまに穴《あな》が空《あ》いちゃった……

「いてて……ははは、やっちゃった！」

「きゃははは！　うりくんのお姉《ねえ》ちゃんおもしろーい！」

琴音《ことね》ちゃんのママが目《め》を丸《まる》くしてる。

小鳥《おどり》がぴょんと立《た》ち上《あ》がり、うれしそうにくるりとその場《ば》で一回転《いっかいてん》。

「オッチモ！　トラのダンスはアルマジロ！」

アルマジロ？

側転《そくてん》がダンスみたいなのはわかるけど。

わたしとトラが顔《かお》を見合《みあ》わせて首《くび》をかしげていると。

「アクロバットじゃないの？」

すかさずうりがつっこんだ。

ぷっと噴《ふ》き出《だ》す音《おと》がして、琴音《ことね》ちゃんのママが顔《かお》を背《そむ》ける。肩《かた》が小《ちい》さくゆれている。今度《こんど》は
絶対《ぜったい》に笑《わら》ってる。

「アクロバット！　そうです、それです！　ブラジルでパパと観《み》たダンスもこんな風《ふう》にアクロバットでした！」

小鳥《おどり》が目《め》を輝《かがや》かせて言《い》う。

「うりくん家、穴《あな》だらけ！」

琴音《ことね》ちゃんがケラケラ笑《わら》って、トラの腕《うで》を引《ひ》っぱった。

「ねえねえ、やり方《かたおし》教えて。琴音《ことね》もできるようになりたいの！」

「小鳥《おどり》も小鳥《おどり》も、アルマジロダンスやりたいです！」

「よーし！　じゃあ今《いま》から体操教室《たいそうきょうしつ》だ。危《あぶ》なくないように、テレビをちょっと端《はし》に寄《よ》せよう」

トラが言《い》って、さっそく三人《さんにん》は準備《じゅんび》しはじめた。

わたしは複雑《ふくざつ》な気持《きも》ちで、しーちゃんと顔《かお》を見合《みあ》わせた。

すごく楽《たの》しそうなのはいいんだけど。

「手《て》はこのくらい開《ひら》くんだ。しっかりついて、床《ゆか》をキックする」

「床《ゆか》をキーック！」

体操教室《たいそうきょうしつ》が始《はじ》まった時《とき》。

琴音《ことね》ちゃんのママがこっちを見《み》た。もう笑《わら》ってなくて、ちょっと困《こま》ってるみたいな表情《ひょうじょう》だ。

「琴音《ことね》ちゃん、家《いえ》の中《なか》で暴《あば》れちゃだめよ。ご迷惑《めいわく》になるわ」

「うちは大丈夫《だいじょうぶ》です。いつもこんな感《かん》じですから」

しーちゃんが琴音《ことね》ちゃんのママに言《い》った時《とき》。

ピリリリリ。

柱《はしら》にかけてあるスマートフォンが鳴《な》った。

「ちょっとすみません」

しーちゃんが立《た》ち上《あ》がりスマートフォンを取《と》りにいき、画面《がめん》を見《み》てつぶやいた。

「ママ？」

え？　ママ？

助《たす》かったってわたしは思《おも》う。直接話《ちょくせつはなし》をしてもらったら、ママがわたしたちのことほったらかしにしてないって納得《なっとく》してもらえるかも！

「ちょっとすみません」

しーちゃんがいったん洗面所《せんめんじょ》へ行《い》って、電話《でんわ》で話《はな》してる。しばらくして戻《もど》ってきた。

「琴音《ことね》ちゃんのママ、うちのママからごあいさつしてもいいですか？　仕事《しごと》が入《はい》って家《いえ》にいられなかったことをおわびしたいと言《い》っていて……」

しーちゃんナイス！

きっとママに事情《じじょう》を話《はな》して、うまくごまかしてもらうようにお願《ねが》いしたんだ。

「ええ、もちろん」

琴音《ことね》ちゃんのママがうなずくと、しーちゃんがスマートフォンをスピーカーにした。

《杉山《すぎやま》さん？　今日《きょう》はせっかく来《き》てくださったのに、仕事《しごと》が入《はい》ってしまい申《もう》し訳《わけ》ありませんでした》

「いいえ、琴音《ことね》のお願《ねが》いを受《う》け入《い》れていただきありがとうございます。こちらこそ、お仕事《しごと》なのに申《もう》し訳《わけ》ありませんでした。野々山《ののやま》さん、お忙《いそが》しいようですね」

《ええ、おかげさまで》

ふたりの会話《かいわ》を聞《き》きながら、わたしとしーちゃんは目《め》を合《あ》わせてにっこりする。

あーよかった。これならなんとかなりそう。

「しっかりとしたお子《こ》さんたちで、安心《あんしん》してお仕事《しごと》できるようでうらやましいです」

《そうなんです、そうなんです》

ママがうれしそうに答《こた》えた。

《今回《こんかい》の仕事《しごと》はわたしがずっとやりたかったものでして。でも子《こ》どもたちがしっかりしていな

かったら、決断《けつだん》できませんでした。なにしろヒマラヤ……》

「あー！」

しーちゃんが大《おお》きな声《こえ》でママの言葉《ことば》をさえぎるけど、遅《おそ》かった。

「ヒマラヤ……？」

琴音《ことね》ちゃんママがけわしい表情《ひょうじょう》でつぶやいた。

「ヒマラヤがどうかされたんで……」

「ヒマなら、やらねば！」

しーちゃんがまた声《こえ》を上《あ》げた。

「ボク、ヒ、ヒマだからやったら？　って言《い》ったんです。琴音《ことね》ちゃんのおもてなしはボクができるかららって。ね、ママ？」

そこでママはようやくこっちの状況《じょうきょう》を思《おも》い出《だ》したみたい。

《そうなんです。とくに獅音《しおん》が頼《たよ》りになるので》

「……中学生《ちゅうがくせい》のお兄《にい》ちゃんがいるのは安心《あんしん》ですね」

そこへ。

《ゴオォオォー！》

ママの向《む》こうでなんかものすごい音《おと》がした。

「あら？　どうされました？」

驚《おどろ》いて琴音《ことね》ちゃんママがたずねるけど、ママの方《ほう》は落《お》ち着《つ》いていた。

《風《かぜ》の音《おと》ですよ、このあたりはこのくらいは普通《ふつう》です》

「風《かぜ》……？」

琴音《ことね》ちゃんママは首《くび》をかしげて、はるかぜ荘《そう》の庭《にわ》を見《み》る。今日《きょう》はすごくいい天気《てんき》、風《かぜ》はほとんど吹《ふ》いていない。

ま、まずい！

「海《うみ》のそば！」

すかさずわたしが声《こえ》を上《あ》げると、琴音《ことね》ちゃんママが驚《おどろ》いてこっちを見《み》た。

「えーっと、海《うみ》のそばは風《かぜ》が強《つよ》いから。ママ、今日《きょう》は海《うみ》の近《ちか》くで撮影《さつえい》だったのかも」

「……そうなの」

一応納得《いちおうなっとく》してくれたっぽい。でも。

《あら？　その声《こえ》は子鹿《こじか》ね？　子鹿《こじか》！　どう？　元気《げんき》にやれてる？　さみしくない？》

はずんだ声《こえ》で、ママがわたしに問《と》いかけた。

ママが出発《しゅっぱつ》する日《ひ》の朝《あさ》に、さみしくなっちゃったわたしを心配《しんぱい》してくれてるんだ。

うれしいし、大丈夫《だいじょうぶ》だよって伝《つた》えたいけど。

い、今《いま》はまずいよ〜！

「元気《げんき》だよ！　今日《きょう》の朝会《あさあ》ったばかりだから知《し》ってると思《おも》うけど！」

今日《きょう》の朝《あさ》、ってとこに力《ちから》をこめてわたしは答《こた》えた。

「ママ、もう休憩時間《きゅうけいじかん》は終《お》わりじゃない？」

しーちゃんはそう言《い》ってスマートフォンのマイクを切《き》る。そのまま洗面所《せんめんじょ》へ行《い》った。

ママにごまかしてもらうのは無理《むり》だって判断《はんだん》したみたい。

ママから電話《でんわ》が来《き》た時《とき》は助《たす》かったって思《おも》ったけど、ママがほかの大人《おとな》とは違《ちが》うってこと忘《わす》れてた……

琴音《ことね》ちゃんのママは、ちょっとわけがわからないって感《かん》じで首《くび》をかしげてる。

もしかしたら、ますます疑《うたが》わしいって思《おも》われたかも。

わたしが心配《しんぱい》になった時《とき》。

隣《となり》の部屋《へや》から拍手《はくしゅ》が聞《き》こえてきた。

琴音《ことね》ちゃんが側転《そくてん》できれいにくるりと回《まわ》って、うれしそうにぴょんぴょんはねた。

「ママ！　琴音《ことね》、上手《じょうず》に側転《そくてん》できたよ！」

「あらすごい。上手《じょうず》にできたわね」

「うりくんの家《いえ》、楽《たの》しーい！　毎日遊《まいにちあそ》びに来《き》たいな！」

その言葉《ことば》に、トラがしまったって顔《かお》になった。

今日《きょう》は琴音《ことね》ちゃんに『つまらない』って言《い》ってもらう作戦《さくせん》だったこと、やっと思《おも》い出《だ》したみたい。もー、トラったら今《いま》さらだよ……。

「ねえ、ママいいでしょ？」

「毎日《まいにち》はダメよ、ご迷惑《めいわく》だし、それにお教室《きょうしつ》もあるでしょう」

ママがちょっと困《こま》りながら答《こた》える。

家《いえ》を調査《ちょうさ》するために来《き》たのに、予想以上《よそういじょう》に琴音《ことね》ちゃんが楽《たの》しんでとまどってるみたい。

「琴音《ことね》、お勉強《べんきょう》きらい。今日《きょう》もこのあと、お教室《きょうしつ》なんだよ。嫌《いや》になっちゃう。琴音《ことね》、お教室《きょうしつ》やめたい」

琴音《ことね》ちゃんがほっぺをふくらませて、持《も》ってきたみどり色《いろ》のかばんを見《み》た。

これ、お教室《きょうしつ》のかばんなんだ。

「そんなこと言《い》わないの。大事《だいじ》なことよ」

琴音《ことね》ちゃんのママが言《い》うけれど、いやいやと首《くび》を振《ふ》った。

「やりたくない、きらいだもん！」

「琴音《ことね》！」

と、そこで。

「それ、スクールのかばんなんだ。見《み》せてよ」

寝《ね》そべって図鑑《ずかん》を読《よ》んでいたうりが顔《かお》を上《あ》げた。

「うん、いいよ」

琴音《ことね》ちゃんはかばんを開《あ》けて、プリントをうりに渡《わた》した。

「へえ、おもしろいじゃん」

うりがプリントを見《み》てうれしそうに言《い》った。

さっそく別《べつ》の紙《かみ》を持《も》ってきて、書《か》き写《うつ》して解《と》きはじめる。

さすがうり、教《おし》えてもらわなくてもわかるんだ。

はな歌《うた》まで歌《うた》っちゃって、本当《ほんとう》に勉強好《べんきょうず》きなんだから。

「うりくん、それわかるの？」

琴音《ことね》ちゃんがびっくりして問《と》いかけた。

「インドの幼稚園《ようちえん》でやったことあるから」

「えー、琴音《ことね》にはわかんない」

「簡単《かんたん》だよ。『第一問《だいいちもん》、お舟《ふね》にライオンさんが二頭《にとう》乗《の》りました』……いやいや、こんな舟《ふね》にライオンが乗《の》ったらしずむだろ」

うりがつっこみながら問題《もんだい》を読《よ》む。

琴音《ことね》ちゃんがくすくす笑《わら》ってプリントをのぞきこんだ。

「『次《つぎ》の島《しま》で、ウサギさんが三羽《さんわ》、同《おな》じ舟《ふね》に乗《の》ります』いやいや、ウサギとライオンを一緒《いっしょ》にしたら、すぐに食《た》べられちゃうって」

琴音《ことね》ちゃんはケラケラ笑《わら》った。

「『次《つぎ》の島《しま》でライオンさん一頭《いっとう》とウサギさん一羽《いちわ》が降《お》りました。舟《ふね》に乗《の》ってるのは、何頭《なんとう》と何《なん》羽《わ》でしょうか？』か。……ウサギは全部《ぜんぶ》食《た》べられて残《のこ》るのはライオンだけだ」

「ふふふ、うりくんおもしろーい！　ウサギさんゼロ？」

「本当《ほんとう》の話《はなし》ならそうなる。だけどこれは問題《もんだい》だから、ライオンには食《た》べるのをがまんしてもらって……」

うりはへんてこりんな解説《かいせつ》をしながら、琴音《ことね》ちゃんと一緒《いっしょ》に問題《もんだい》を解《と》いた。

「わっ！　琴音《ことね》にもできた！」

琴音《ことね》ちゃんが自分《じぶん》で自分《じぶん》にびっくりしてる。

琴音《ことね》ちゃんのママも意外《いがい》って顔《かお》でプリントをのぞきこんだ。

「覚《おぼ》えてるうちに、次《つぎ》の問題《もんだい》やっちゃいなよ。次《つぎ》は、カバさんとワニさんか」

「ワニさんもカバさんを食《た》べちゃう？」

琴音《ことね》ちゃんがくすくす笑《わら》いながら聞《き》くと、うりが首《くび》を横《よこ》に振《ふ》った。

「いや、ワニはカバは食《た》べない。ワニとカバは平和《へいわ》な関係《かんけい》なんだ。だけどカバは重《おも》いから舟《ふね》に乗《の》ったらちんぼつだ。それにワニは泳《およ》げるから舟《ふね》に乗《の》る必要《ひつよう》はない」

「ふふふ、ちんぼつ～」

「でもこれは問題《もんだい》だから……」

そんなやり取《と》りをしながら、うりと琴音《ことね》ちゃんはプリントをどんどんやっていく。

「琴音《ことね》がこんなに楽《たの》しそうにお勉強《べんきょう》するのははじめてだわ……」

ママが驚《おどろ》いてつぶやいた。

わたし、しーちゃん、トラは顔《かお》を見合《みあ》わせた。

トラは、もうえへんえへんって変《へん》なせきばらいはしなかった。

仲《なか》よく楽《たの》しそうにお勉強《べんきょう》してるのに、やめさせるなんてできない。

いじわるはしないって決《き》めたもん。

プリントはあっという間《ま》に終《お》わった。

「うりくんが教《おし》えてくれるなら、琴音《ことね》、嫌《きら》いなお勉強《べんきょう》できるかも！」

「なんで勉強《べんきょう》が嫌《いや》なんだよ。スクールに行《い》けるなんて、うらやましいよ」

うりが口《くち》をとがらせた。

「ボクが住《す》んでいたインドでは六歳《ろくさい》からスクールに行《い》けるんだ。スクールに行《い》ったら好《す》きなだけ勉強《べんきょう》できると思《おも》ってたのに、日本《にほん》に来《き》たからもう一年保育園《いちねんほいくえん》なんだ」

「えー、そうなんだ。ねえママ、琴音《ことね》またうりくんと宿題《しゅくだい》したいな」

琴音《ことね》ちゃんがママにおねだりする。

ママは目《め》をパチパチさせた。

「だけど、そんなに何回《なんかい》もうりくんにお願《ねが》いするわけには……」

「別《べつ》にいいよ。このくらいの問題《もんだい》なら、インドのプレスクールで習《なら》ったし。アウトプットはボクのためにもなるしね」

うりが答《こた》えた。

「うりくんありがとー！」

琴音《ことね》ちゃんが両手《りょうて》を上《あ》げて、うりに抱《だ》きついて、ぷにぷにのほっぺをすりすりする。

「わっ！　ちょっと！」

うりのほっぺが赤《あか》くなった。

あ、うり照《て》れてる。

そこでわたしは、あることに気《き》がついてびっくりする。ふたりを見《み》る琴音《ことね》ちゃんのママがちょっと笑《わら》ってる。わたしと目《め》が合《あ》うと、気《き》まずそうにせきばらいをして笑《わら》いをひっこめる。

けど、もうこわい顔《かお》にはならなかった。

「琴音《ことね》、そろそろ帰《かえ》りましょうか。そのプリントお教室《きょうしつ》で見《み》てもらおう。先生《せんせい》、きっとびっくりするよ」

「うん、うりくんまたね」

わたしたちは琴音《ことね》ちゃん親子《おやこ》を玄関《げんかん》まで見送《みおく》る。

「またママにメッセージを送《おく》るって伝《つた》えてくれる？　うりくんとお兄《にい》ちゃんお姉《ねえ》ちゃんの都合《つごう》がいい時《とき》に遊《あそ》びに来《き》させてもらいます」

琴音《ことね》ちゃんのママがトラに向《む》かって言《い》った。

「わかりました……」

トラが引《ひ》きつった笑顔《えがお》で答《こた》えた。

ふたりはぐねぐね道《みち》を下《お》りていく。

「うりくん、お兄《にい》ちゃん、お姉《ねえ》ちゃん、バイバーイ！　またねー！」

ぶんぶんと手《て》を振《ふ》ってふたりが下《お》りていくのを見《み》ながら、うりがため息《いき》をつく。

「あーあ、完全《かんぜん》にトラの作戦《さくせん》は失敗《しっぱい》だね」

「なっ……！　また来《き》ていいよって言《い》ったのはうりだろ」

トラがうりに言《い》い返《かえ》す。

うりがじろりとトラをにらんだ。

「ボクは勉強《べんきょう》を教《おし》えるくらいはいいよって言《い》っただけだよ。トラの方《ほう》が琴音《ことね》ちゃんと楽《たの》しく遊《あそ》んでたじゃん。小鳥《おどり》だってしょっちゅう言《い》いまちがえるから、琴音《ことね》ちゃん喜《よろこ》んでた！」

「あ！　あれはわざとじゃありませんっ！」

小鳥《おどり》がほっぺをふくらませた。

「トラ、うり、人《ひと》のせいにしちゃいけないよ」

しーちゃんが、トラとうりに注意《ちゅうい》するけど、矛先《ほこさき》はそのしーちゃんにも向《む》かう。

「そもそもはじめに、琴音《ことね》ちゃんの髪《かみ》ゴムとワンピースをほめたのは獅音《しおん》だったよな」

「ボクは事実《じじつ》を言《い》っただけだよ」

誰《だれ》が一番《いちばん》琴音《ことね》ちゃんと楽《たの》しく遊《あそ》んじゃったかでもめてる。

きょうだいの言《い》い合《あ》いを聞《き》きながら、わたしは坂《さか》の下《した》に着《つ》いた琴音《ことね》ちゃん親子《おやこ》を見《み》ていた。

ブンブン手《て》を振《ふ》る琴音《ことね》ちゃんのとなりで、琴音《ことね》ちゃんのママもこっちに向《む》かって手《て》を振《ふ》ってる。

来《き》た時《とき》とは全然違《ぜんぜんちが》って、にっこりと笑《わら》っていた。

作戦《さくせん》は失敗《しっぱい》……したんだよね？


「へえ、じゃあ。これからは時々《ときどき》琴音《ことね》ちゃんが遊《あそ》びに来《く》ることになったんだ」

友紀《ゆき》ちゃんがびっくりして声《こえ》を上《あ》げる。

次《つぎ》の週《しゅう》の月曜日《げつようび》、放課後《ほうかご》、わたしと友紀《ゆき》ちゃんと浩介《こうすけ》くんは、うりのおむかえのため保育園《ほいくえん》に向《む》かって海沿《うみぞ》いの道《みち》を歩《ある》いてる。

わたしは水曜日《すいようび》の『つまらない』大作戦失敗《だいさくせんしっぱい》の話《はなし》をふたりにした。

あれから琴音《ことね》ちゃんのママと、ママ代理《だいり》のしーちゃんのメッセージのやり取《と》りは続《つづ》いている。

琴音《ことね》ちゃんが家《いえ》に帰《かえ》ってからもはるかぜ荘《そう》であったことを何回《なんかい》も楽《たの》しく話《はな》してて、早《はや》くまた遊《あそ》びにいきたいって言《い》ってるんだって。

「子鹿《こじか》ちゃん、それまずいんじゃない？　遊《あそ》びに来《く》るたびに、子鹿《こじか》ちゃんの家《いえ》の都合《つごう》を調《しら》べられるってことだよね」

「うーん。だけど、次《つぎ》からは琴音《ことね》ちゃんだけで来《く》ることになりそう。その方《ほう》が楽《たの》しいよねって話《はなし》になってて」

「え？　そうなの？」

そこへ。

「子鹿《こじか》ちゃーん！」

元気《げんき》な声《こえ》が聞《き》こえてくる。道《みち》の先《さき》に赤《あか》い車《くるま》が停《と》まっていた。

琴音《ことね》ちゃんのママの車《くるま》だ。

わたしたちが近寄《ちかよ》ると、窓《まど》が開《ひら》く。後《うし》ろの席《せき》に座《すわ》っている琴音《ことね》ちゃんが、うれしそうに手《て》をブンブン振《ふ》った。

「こんにちは」

琴音《ことね》ちゃんのママが運転席《うんてんせき》でにっこり笑《わら》っている。助手席《じょしゅせき》にお教室《きょうしつ》の緑《みどり》のかばんがあった。

「こんにちは、琴音《ことね》ちゃん。今《いま》からお教室《きょうしつ》？」

「うん。今日《きょう》、保育園《ほいくえん》で宿題《しゅくだい》をうりくんと一緒《いっしょ》にやったの。代《か》わりに琴音《ことね》はうりくんにでんぐり返《がえ》しを教《おし》えたんだよ」

「そうなんだ」

でんぐり返《がえ》しを練習《れんしゅう》するうり……想像《そうぞう》つかなくてわたしは思《おも》わず笑《わら》ってしまう。

友紀《ゆき》ちゃんと浩介《こうすけ》くんが顔《かお》を見合《みあ》わせた。

すっかり仲《なか》よしになったわたしたちにびっくりしてるみたい。

「琴音《ことね》、うりくんを好《す》きになったみたいで、結婚《けっこん》するって家《いえ》で大騒《おおさわ》ぎしてるの」

琴音《ことね》ちゃんのママがくすくすと笑《わら》った。

「え!?　うりと？」

「うりくん、すっごくもの知《し》りなんだもん！　お話《はなし》おもしろいし。前《まえ》にパパが、琴音《ことね》がどうしてもお勉強嫌《べんきょうきら》いなら、お医者《いしゃ》さんになる人《ひと》と結婚《けっこん》すればいいって言《い》ってたの。うりくんお勉強《べんきょう》好《ず》きだからお医者《いしゃ》さんになれるでしょう？」

琴音《ことね》ちゃんにキラキラした目《め》で見《み》られてわたしは首《くび》をかしげた。

「ど、どうかな？」

お医者《いしゃ》さんはともかく、うりが結婚《けっこん》っていうのは全然想像《ぜんぜんそうぞう》がつかないや。

「でも琴音《ことね》ちゃん。結婚《けっこん》って大好《だいす》きな人《ひと》とするもんじゃないの？」

わたしが聞《き》くと、琴音《ことね》ちゃんは太陽《たいよう》みたいな笑顔《えがお》になった。

「大丈夫《だいじょうぶ》、琴音《ことね》うりくんのこと大好《だいす》きだもん」

琴音《ことね》ちゃんママがくすくす笑《わら》った。

「じゃあお姉《ねえ》ちゃん。また、メッセージを送《おく》るってママに伝《つた》えててくれる？」

「はい」

「ばいばーい！」

琴音《ことね》ちゃんに手《て》を振《ふ》りながら離《はな》れると、赤《あか》い車《くるま》は走《はし》っていった。

「すっかり仲《なか》よしだ」

わたしにつられて手《て》を振《ふ》っていた友紀《ゆき》ちゃんがつぶやいた。

「琴音《ことね》ちゃんのママ、この前《まえ》と全然違《ぜんぜんちが》うね。子鹿《こじか》ちゃんのママのことを探《さぐ》ろうとしてないみたいだった」

「そうなんだよね。家《いえ》に来《き》た日《ひ》からなんかちょっと変《か》わったんだ」

メッセージは前《まえ》みたいにしつこくないし、おむかえで顔《かお》を合《あ》わせてもなにも言《い》われない。

「でもなんでだ？　家《いえ》で遊《あそ》んだ時《とき》、母《かあ》ちゃんがいたわけじゃないんだろ？」

「うん、ただ楽《たの》しく遊《あそ》んだだけ」

あの日《ひ》に起《お》こったことがきっかけで、琴音《ことね》ちゃんのママが変《か》わったのはまちがいなさそうなんだけど、どうしてかって言《い》われるとさっぱりわからなかった。

「ま、でもよかったよ。あのママがなにも言《い》わなきゃ、なんとかなるんじゃない？」

友紀《ゆき》ちゃんが言《い》って歩《ある》きだした。

首《くび》をひねる浩介《こうすけ》くんとわたしもあとに続《つづ》く。

納得《なっとく》いかない浩介《こうすけ》くんは、なんでだ？　とあれこれ考《かんが》えていたけど、結局《けっきょく》答《こた》えは出《で》なかった。

わたしたちの頭《あたま》の上《うえ》をカモメが一羽《いちわ》、海《うみ》に向《む》かって飛《と》んでいった。

## 5　トラのトラブル

体育館《たいいくかん》に響《ひび》くボールの音《おと》と、「こっち、こっち」っていう掛《か》け声《ごえ》に、きゃーっていう歓声《かんせい》が交《ま》じってる。

九月《くがつ》が終《お》わりに近《ちか》づいて、ちょっとすずしくなってきた土曜日《どようび》、わたしは中学校《ちゅうがっこう》の体育館《たいいくかん》に来《き》ていた。

友紀《ゆき》ちゃんにバスケ部《ぶ》の練習試合《れんしゅうじあい》があるから観《み》にいこうって誘《さそ》われ、二階《にかい》から試合《しあい》が始《はじ》まるのを待《ま》ってる。

わたしと友紀《ゆき》ちゃん以外《いがい》にも小学生《しょうがくせい》の女《おんな》の子《こ》たちが観《み》に来《き》ていた。

ピーって試合開始《しあいかいし》の笛《ふえ》が鳴《な》って、ベンチからスターティングメンバーが出《で》てきた。

「ほら見《み》て、子鹿《こじか》ちゃん、虎音《とおん》さまスタメンだよ！　すごーい！　一年生《いちねんせい》でスタメンは虎音《とおん》さまだけだね」

友紀《ゆき》ちゃんが選手《せんしゅ》たちを指《ゆび》さした。

すごい！

多分《たぶん》トラはスタメンだろうってしーちゃんが言《い》ってたけど、本当《ほんとう》にそうなんだ！

小鳥《おどり》とうりはトラの試合《しあい》に興味《きょうみ》がないから、しーちゃんは今日《きょう》はお留守番《るすばん》。

帰《かえ》ったらすぐに知《し》らせなきゃ。

ドキドキしているうちに試合《しあい》が始《はじ》まる。

トラは大活躍《だいかつやく》だった。ほかの選手《せんしゅ》の間《あいだ》を素早《すばや》く動《うご》いて、次々《つぎつぎ》にシュートを決《き》めていく。しかも全然《ぜんぜん》バテないみたい。

みんながひざに手《て》をついて肩《かた》で息《いき》をしていても、へっちゃらって感《かん》じで動《うご》き回《まわ》ってる。

これって、トレーニングの成果《せいか》だよね。

カッコいい！

「はぁ～！　カッコいい。子鹿《こじか》ちゃん、虎音《とおん》さまって前《まえ》からバスケしてたんだよね？」

友紀《ゆき》ちゃんがうっとりした。

「うん、イタリアではクラブチームに入《はい》ってたんだって。でも、となりの町《まち》のクラブチームだったから、そんなにたくさん練習《れんしゅう》に参加《さんか》できなかったって言《い》ってた。日本《にほん》では学校《がっこう》で毎日《まいにち》バスケができるって聞《き》いて、楽《たの》しみにしてたんだって」

HARUKAZE
junior high school
7

トラは本当《ほんとう》に楽《たの》しみにしていたんだろうな。全力《ぜんりょく》で楽《たの》しんでますって感《かん》じだもん。

それがわたしはうれしかった。

前《まえ》に小鳥《おどり》から、きょうだいが日本《にほん》に住《す》むことになったのはわたしのためだったって聞《き》いて、ずっと気《き》になってたんだ。

日本語《にほんご》が得意《とくい》じゃない小鳥《おどり》だけじゃなくて、ほかのきょうだいにも申《もう》し訳《わけ》なかったなって。

でもこれだけバスケを楽《たの》しんでいるなら、トラは日本《にほん》に来《き》てよかったってことだよね。

試合《しあい》が休憩《きゅうけい》に入《はい》ると、選手《せんしゅ》たちはいったんベンチに下《さ》がる。

その光景《こうけい》を見《み》ていて、わたしはドキッとした。

ベンチの一年生《いちねんせい》たちは戻《もど》ってきたメンバーに声《こえ》をかけたり水《みず》を渡《わた》したりしてる。

でもトラに声《こえ》をかける人《ひと》はいなかった。

わたしの胸《むね》は灰色《はいいろ》のもやもやでいっぱいになっていく。

誰《だれ》よりも活躍《かつやく》してるトラに誰《だれ》も声《こえ》をかけないなんてなんか変《へん》。

これって……たまたまだよね……？

嫌《いや》な予感《よかん》が的中《てきちゅう》してたってわかったのは、試合《しあい》が終《お》わったあとだった。

友紀《ゆき》ちゃんに出口《でぐち》のところで待《ま》っててもらって、わたしはトイレに寄《よ》る。

体育館《たいいくかん》につながる渡《わた》り廊下《ろうか》にさしかかったところで、トラがほかの部員四人《ぶいんよにん》と話《はなし》をしてるところに出《で》くわした。

「ねえ、野々山《ののやま》さん。そんなに本気《ほんき》にならなくていいんだよ？　わたしたち、大会上位《たいかいじょうい》を目指《めざ》してるわけじゃないんだから」

部員《ぶいん》の言葉《ことば》を聞《き》いて、わたしは思《おも》わず柱《はしら》の陰《かげ》にかくれる。

「そうそう。どっちかって言《い》うと、チームのムードを大切《たいせつ》にしたいの」

「野々山《ののやま》さんが毎日自主練《まいにちじしゅれん》してると、なんかわたしたちがサボってるみたいじゃん？」

四人《よにん》のうちの三人《さんにん》が次々《つぎつぎ》にトラに言《い》う。

そのきつい言《い》い方《かた》に、わたしの胸《むね》はドキンドキンと鳴《な》りはじめる。

これってもしかして、もしかしなくても、すごくまずい状況《じょうきょう》じゃ……？

「ねえ、なんとか言《い》いなよ」

だまったままのトラに、女《おんな》の子《こ》がイライラした声《こえ》でつめよった。

「……自主練《じしゅれん》は、やるもやらないも自由《じゆう》なんだから、あたしは好《す》きにさせてもらう。あたしはバスケをするために日本《にほん》に来《き》たんだ」

キツい言《い》い方《かた》じゃないけど、トラははっきりと言《い》い切《き》った。

「そもそもうちの部《ぶ》は楽《らく》にやるのも本気《ほんき》でやるのも自由《じゆう》じゃんか。あたしはそれぞれのペースでバスケを楽《たの》しめばいいと思《おも》う。由美《ゆみ》がサボってるなんて思《おも》ってないよ」

トラの意見《いけん》に、四人《よにん》は顔《かお》を見合《みあ》わせる。

練習《れんしゅう》する方《ほう》がいいって言《い》い返《かえ》されると思《おも》ってたのに、そうじゃないから拍子《ひょうし》抜《ぬ》けしたって感《かん》じかな？

この意見《いけん》、トラらしいなって思《おも》う。

トラは自分《じぶん》がやるからって相手《あいて》にそれを要求《ようきゅう》しないんだ。

「だからそうじゃなくて、空気《くうき》読《よ》んでって言《い》ってるの」

女《おんな》の子《こ》たちがしらけた雰囲気《ふんいき》になった。

「……行《い》こう」

そう言《い》い合《あ》って、由美《ゆみ》って子《こ》をふくむ三人《さんにん》はトラから離《はな》れていく。

迷《まよ》ってるみたいにトラを見《み》ている子《こ》がひとりだけいるけど。

「彩花《あやか》、行《い》くよ」

由美《ゆみ》って子《こ》に声《こえ》をかけられて、ビクッとしてあわてて彼女《かのじょ》たちを追《お》いかけていった。

わたしはトラに見《み》つからないようにその場《ば》を離《はな》れた。

「やっぱりレギュラーだったんだね。じゃあ今日《きょう》はいつもの二倍《にばい》は食《た》べるよね」

はるかぜ荘《そう》のキッチンで、しーちゃんがトンカツを揚《あ》げながらうれしそうに言《い》う。

わたしはサラダのレタスをちぎりながら、浮《う》かない気持《きも》ちでうなずいた。

今日《きょう》の試合《しあい》は、はるかぜ中学校《ちゅうがっこう》の大勝利《だいしょうり》だった。しかもトラは大活躍《だいかつやく》。

トラより先《さき》に家《いえ》に帰《かえ》ったわたしは、お祝《いわ》いの夜《よる》ごはんを作《つく》るしーちゃんの手伝《てつだ》いをしている。

メニューはトンカツ、カラフルおにぎり、サラダ、そしてしーちゃん特製《とくせい》お味噌汁《みそしる》。

キッチンはいいにおいでいっぱいだ。

いつもなら早《はや》く食《た》べたくて待《ま》ちきれなくなるのに、今《いま》はそんな気《き》になれない。

どうしても試合《しあい》のあとのトラを思《おも》い出《だ》してしまって……すごく心《こころ》が重《おも》かった。

「日本《にほん》では、勝負《しょうぶ》って時《とき》にトンカツを食《た》べるんでしょ？　おもしろいよね。知《し》ってたら昨日《きのう》の夜《よる》ごはんをカツにしたのに」

トンカツを揚《あ》げ終《お》えたしーちゃんがコンロの火《ひ》を止《と》めて、首《くび》をかしげた。

「どうしたの？　子鹿《こじか》。ぼーっとして。疲《つか》れちゃった？」

問《と》いかけられてハッとする。

「えーっと」

わたしは迷《まよ》いながら答《こた》えた。

今日《きょう》のこと、勝手《かって》にしーちゃんに言《い》うべきじゃないような気《き》がする。

偶然《ぐうぜん》だったけど、こっそり見《み》ちゃったんだもん。

でも自分《じぶん》ひとりの胸《むね》の中《なか》に抱《かか》えているのがつらくて、しーちゃんに相談《そうだん》してみることにした。

「なるほどね……そんな場面《ばめん》を目撃《もくげき》しちゃったんだ。子鹿《こじか》つらかったね」

わたしの話《はなし》を聞《き》き終《お》えたしーちゃんは深刻《しんこく》な表情《ひょうじょう》でうなずいた。

「わたしのことはいいの。でも……トラが……」

うつむいて首《くび》を横《よこ》に振《ふ》ると、しーちゃんがちょっと考《かんが》えてから口《くち》を開《ひら》いた。

「トラはね、昔《むかし》から女《おんな》の子《こ》たちとあまりうまくいかないんだ。流行《はや》りのファッションとかアクセサリーに全然興味《ぜんぜんきょうみ》ないからさ。話《はなし》が合《あ》わなくて」

「そうなんだ……」

好《す》きなものが違《ちが》うからって、友《とも》だちになれないことなんてない……って思《おも》うけど、友《とも》だちと同《おな》じものを好《す》きだったら、盛《も》り上《あ》がるっていうのはわかる気《き》がする。

前《まえ》に友紀《ゆき》ちゃんと傘《かさ》を買《か》いにいった時《とき》、『ワンダーワンダー』で文房具《ぶんぼうぐ》を見《み》るの楽《たの》しかったもん。

「トラもさ、自分《じぶん》を曲《ま》げないところがあるから。相手《あいて》に合《あ》わせようとしないし、なかなかね」

そう言《い》って、しーちゃんはため息《いき》をついた。

「でも、だれとも友《とも》だちになれないってことはないんだよ。イタリアではトラのことをわかってくれる子《こ》もいたんだ。今《いま》も手紙《てがみ》のやり取《と》りはしてるはず。……だけど、こっちではまた一《いち》から友《とも》だちの作《つく》り直《なお》しかな」

しーちゃんの言葉《ことば》に、わたしの胸《むね》がキリリと痛《いた》んだ。

「トラがその友《とも》だちとお別《わか》れしなきゃいけなかったのは、日本《にほん》に来《き》たからだよね」

「え？　まぁそうだね」

「じゃあ、それわたしのせいだ」

思《おも》ったことをそのまま言《い》うと、しーちゃんがびっくりして首《くび》をかしげた。

「え？　トラの友《とも》だちのことだよ？」

「だって、ママがきょうだいみんなで住《す》むって決《き》めた時《とき》、日本《にほん》に集《あつ》まることにしたのは、わたしのためだったって小鳥《おどり》が言《い》ってた」

しーちゃんがびっくりして、いきなりなに？　って感《かん》じでわたしを見《み》る。

だけどわたしの口《くち》は止《と》まらなかった。住《す》む場所《ばしょ》が日本《にほん》じゃなかったら、イタリアだったらトラは大切《たいせつ》な友《とも》だちと別《わか》れなくてよかったんだ。

今日《きょう》みたいに、嫌《いや》なこと言《い》われなくてすんだのに。

「わたしのせいだ……」

持《も》っているレタスがじわりとにじんだ。

「ちょっと待《ま》って、子鹿《こじか》。それは違《ちが》うよ。ボクとトラは日本《にほん》に来《く》ることを自分《じぶん》たちで考《かんが》えて決《き》めたんだ。ママに強制《きょうせい》されて、いやいや来《き》たわけじゃないんだよ？　だから日本《にほん》でなにが起《お》こっても子鹿《こじか》のせいなんかじゃない」

「でも……」

「それに、トラだってまったく予想《よそう》してなかったわけじゃないと思《おも》うよ。イタリアでだってこういうことはあったから。大丈夫《だいじょうぶ》、トラのことはボクに任《まか》せて。双子《ふたご》なんだからいつも相談《そうだん》に乗《の》ってるんだ。明日《あした》にはケロッとしてるよ。ほらトンカツ運《はこ》んで、トラが帰《かえ》ってきたらすぐに食《た》べられるように」

しーちゃんは明《あか》るく言《い》って、わたしにトンカツのお皿《さら》を差《さ》し出《だ》す。

うなずいて、お皿《さら》を受《う》け取《と》った。

しーちゃんはトラと双子《ふたご》なんだから、トラのことよくわかってる。きっと大丈夫《だいじょうぶ》なんだ。

でも、わたしの心《こころ》は晴《は》れなかった。

しーちゃんは、わたしのせいじゃないって言《い》ってくれたけど……どうしてもそう思《おも》えなかったんだ。


練習試合《れんしゅうじあい》から三日《みっか》がたった日《ひ》の放課後《ほうかご》。

わたしはひとりグラウンドを歩《ある》いてる。今日《きょう》は委員会《いいんかい》があったから、友紀《ゆき》ちゃんは先《さき》に帰《かえ》ったんだ。

いつもより遅《おそ》い時間《じかん》だし、急《いそ》いでうりのおむかえに行《い》かなくちゃ。

だけど、足取《あしど》りは重《おも》かった。

嫌《いや》でも目《め》に入《はい》る中学校《ちゅうがっこう》のグラウンドの外《そと》のバスケットコート。

ほとんどの部活《ぶかつ》が終《お》わって人《ひと》がまばらな中《なか》、トラがひとりでシュート練習《れんしゅう》をしている。

しーちゃんからは気《き》にしないでって言《い》われたけど、やっぱりわたしは忘《わす》れられなかった。

あの練習試合《れんしゅうじあい》の日《ひ》、帰《かえ》ってきたトラはちょっと元気《げんき》がなかった。

トンカツ、一枚《いちまい》しか食《た》べなかったもん。わたしにもっと食《た》べろとも言《い》わなかったし……

そして夜《よる》、わたしたちが寝《ね》たあと、キッチンでしーちゃんとふたり、深刻《しんこく》そうに話《はなし》をしていた。

ちょうどフェンスの近《ちか》くに差《さ》しかかったところで、トラがわたしに気《き》がついた。

「子鹿《こじか》、今帰《いまかえ》り？　遅《おそ》いじゃん」

シュート練習《れんしゅう》をいったんやめて、こっちに向《む》かって歩《ある》いてきた。

「……今日委員会《きょういいんかい》で」

「そう、気《き》をつけて帰《かえ》りな」

そう言《い》うトラの向《む》こうを制服姿《せいふくすがた》の四人組《よにんぐみ》の女《おんな》の子《こ》たちが校門《こうもん》の方《ほう》へ歩《ある》いていった。

試合《しあい》の時《とき》に見《み》た、バスケ部《ぶ》の一年生《いちねんせい》たちだ。

三人《さんにん》は向《む》こうを向《む》いていて、ひとりだけトラをチラチラ見《み》てちょっと申《もう》し訳《わけ》なさそうにしてる。だけど、そのままほかの子《こ》たちと帰《かえ》っていった。

その光景《こうけい》に胸《むね》がもやもやするのを感《かん》じながら、わたしはトラに問《と》いかける。

「部活《ぶかつ》はもうお終《しま》いなんじゃないの？」

「うん、今《いま》は自主練《じしゅれん》。公式戦《こうしきせん》がもうすぐだからな」

トラはニカッと笑《わら》って答《こた》えた。

目標《もくひょう》に向《む》かって努力《どりょく》してるの、えらいって思《おも》う。

思《おも》うけど……

二年生《にねんせい》だってもういないのに。

わたしは校門《こうもん》を出《で》ていく女《おんな》の子《こ》たちの後《うし》ろ姿《すがた》をちらりと見《み》た。

「あのさ……トラ。その、自主練《じしゅれん》って学校《がっこう》でやらなきゃ……ダメ？」

「え？」

「ランニングなら家《いえ》の庭《にわ》でもできるよね。草《くさ》はぼうぼうだけど。ひとりだけ学校《がっこう》に残《のこ》ってコートを使《つか》っても……大丈夫《だいじょうぶ》なの？」

自主練《じしゅれん》をしたいなら、わざわざほかの部員《ぶいん》たちの目《め》につく場所《ばしょ》でしなければいい。そしたら試合《しあい》の日《ひ》みたいなことにはならないもん。

わたしはそう思《おも》ったんだけど。

「うーん、一回家《いっかいいえ》に帰《かえ》ったら体《からだ》が冷《ひ》えちゃうし、ゴールがないからシュート練習《れんしゅう》もできないからな～。もちろん、残《のこ》ってコートを使《つか》う許可《きょか》はちゃんと取《と》ってるよ」

平気《へいき》な顔《かお》でトラは言《い》った。

あんなことがあったのに、自主練《じしゅれん》のやり方《かた》を変《か》えるつもりは全然《ぜんぜん》ないみたい。

そんなトラを見《み》ていたら、なんだか少《すこ》しもやもやした。

「だけどそれじゃ、見《み》られちゃうじゃん……」

思《おも》わずそうつぶやくと、トラが首《くび》をかしげる。

「子鹿《こじか》？」

「ほかの人《ひと》に見《み》られたら……見《み》られたら……嫌《いや》なこと言《い》われちゃうよ。だから練習《れんしゅう》するなら、こっそりやったらいいじゃんって……わたしはそう言《い》いたいの！」

トラが悪《わる》いんじゃない。

トラは、自分《じぶん》のやりたいことを一生懸命《いっしょうけんめい》してるだけ。

それはわかっているんだけど、わたしの口《くち》は止《と》まらなかった。

トラが目《め》を見開《みひら》いた。

「子鹿《こじか》？　……なにが言《い》いたいの？」

わけがわからないって感《かん》じのトラに気《き》がついて、わたしはハッとして口《くち》を閉《と》じる。

言《い》っちゃダメなことを言《い》ってしまったかも。練習試合《れんしゅうじあい》の日《ひ》のことを見《み》てたってトラに言《い》ってないのに……

「なんでもない。わ、わたし、うりのおむかえ行《い》かなくちゃ」

そう言《い》ってトラの視線《しせん》から逃《に》げるように背《せ》を向《む》けた。

「子鹿《こじか》！」

トラの呼《よ》びかけを無視《むし》して、校門《こうもん》に向《む》かって走《はし》り出《だ》した。


真夜中《まよなか》。ずらりと並《なら》ぶ布団《ふとん》にきょうだいみんなが寝《ね》ている中《なか》、わたしはむくりと起《お》き上《あ》がり、そっと縁側《えんがわ》に出《で》た。

りーんりーん、コロコロコロコロって、庭《にわ》から虫《むし》の鳴《な》き声《ごえ》が聞《き》こえてくる。

「コオロギ！　子鹿《こじか》、子鹿《こじか》とってよ～！」

うりがガバッと起《お》き上《あ》がった。

起《お》こしちゃった？　わたしはドキッとして振《ふ》り返《かえ》る。

けど、うりはむにゃむにゃ言《い》って、また布団《ふとん》に入《はい》ってすやすや寝息《ねいき》を立《た》てはじめた。

なんだ、寝言《ねごと》か……

まんまるい月《つき》がぽっかりと浮《う》かぶ夜空《よぞら》を見上《みあ》げて、わたしは三角座《さんかくずわ》りをする。

早《はや》く寝《ね》なきゃって思《おも》うのに、夕方《ゆうがた》のトラとの出来事《できごと》が頭《あたま》の中《なか》をぐるぐる回《まわ》って眠《ねむ》れなかった。

どうしてあんなこと言《い》っちゃったんだろう？

もともと嫌《いや》な思《おも》いをしているのに、もっと嫌《いや》な思《おも》いをさせちゃった。

家《いえ》に帰《かえ》ってからトラとひと言《こと》も話《はな》していない。すっごく気《き》まずいから目《め》を合《あ》わせないようにしてたんだ。

「子鹿《こじか》」

声《こえ》をかけられて振《ふ》り返《かえ》ると、薄暗《うすぐら》い中《なか》にいつの間《ま》にかトラがいた。

「眠《ねむ》れない？」

「う、うん……ちょっと」

うつむいて答《こた》えると、トラはわたしのとなりに座《すわ》った。

「獅音《しおん》から聞《き》いたよ。子鹿《こじか》、練習試合《れんしゅうじあい》であたしとほかの部員《ぶいん》がもめているの見《み》ちゃったんだって？」

「う、うん……ごめん。盗《ぬす》み聞《ぎ》きみたいなことして」

わたしの胸《むね》は申《もう》し訳《わけ》ない気持《きも》ちでいっぱいになる。

「謝《あやま》らなくていいよ、たまたまだろ？　……すごく心配《しんぱい》してたって獅音《しおん》が言《い》ってた。なんか、ごめんな。それで、子鹿《こじか》、あたしのためにいろいろ考《かんが》えてくれたんだ」

気《き》まずそうにするトラに、わたしはブンブンと首《くび》を横《よこ》に振《ふ》った。

「トラは悪《わる》くないよ！　悪《わる》くないのはわかってるのに……わたし……わたしこそ、変《へん》なこと言《い》ってごめん」

目《め》にじわりと涙《なみだ》が浮《う》かんだ。

わたしがトラにあんなことを言《い》ったのは、たぶんトラのためだけじゃない。

トラが日本《にほん》で嫌《いや》な思《おも》いをしないように、自分《じぶん》が安心《あんしん》したかったから。

最悪《さいあく》だ……。

トラは月《つき》が浮《う》かぶ夜《よる》の空《そら》を見上《みあ》げる。

「夕方《ゆうがた》は子鹿《こじか》がなにを言《い》いたいのかわからなかったけど、獅音《しおん》から話《はなし》を聞《き》いてわかったよ。練習試合《れんしゅうじあい》の時《とき》みたいなことを周《まわ》りに言《い》われたくなかったら、みんなと同《おな》じようにしているフリをすればいいってことだろ？」

「うん……まぁ、そう」

わたしが答《こた》えると、トラがちょっとさみしそうに笑《わら》って肩《かた》をすくめた。

「わかってるんだけどできないんだよ、あたし。自分《じぶん》を変《か》えられないんだ。仲《なか》よくなるためだけに、相手《あいて》に合《あ》わせるって苦手《にがて》でさ。……せっかく子鹿《こじか》が心配《しんぱい》してアドバイスしてくれたのに

「……ごめんな」

そう言《い》ってトラはわたしを見《み》る。

そのまっすぐな視線《しせん》に、わたしはハッとする。

胸《むね》の中《なか》のもやもやがちょっとだけ薄《うす》くなるような感《かん》じがした。

……それでいいって思《おも》う。トラはバスケをやるために日本《にほん》に来《き》たんだもん。

だれがなんと言《い》おうとやるべきだ。

「ううん、わたし、変《へん》なこと言《い》っちゃった。トラは間違《まちが》ってないと思《おも》う。無理《むり》して友《とも》だちになったって楽《たの》しくないもん」

言《い》いながらわたしは、ほっぺに残《のこ》った涙《なみだ》をふいた。

自分《じぶん》の考《かんが》えをしっかり持《も》っていて、揺《ゆ》らがないトラはカッコよかった。

「さみしくないのかなって、ちょっと心配《しんぱい》だけど」

「うーん、そりぁこの前《まえ》みたいなことを言《い》われるのは嫌《いや》だし、落《お》ち込《こ》むよ。けどさみしいとは思《おも》わないんだよな。部活中《ぶかっちゅう》はバスケのことしか考《かんが》えてないし」

首《くび》をかしげてそう言《い》うトラに、思《おも》わず笑《わら》ってしまう。

バスケのことしか考《かんが》えてない……か。

それってなんか、トラらしい。

「それに、あたしには獅音《しおん》がいるから。ちっちゃいころから、こういう時《とき》はいつも話《はなし》を聞《き》いてくれるんだ。ママもいつも味方《みかた》になってくれた。『好《す》きなことを夢中《むちゅう》でやってるトラを好《す》きになってくれる子《こ》が本当《ほんとう》の友《とも》だちよ』ってよく言《い》ってた。今《いま》はヒマラヤに行《い》ってるけど……」

そこでトラは口《くち》を閉《と》じて、なにか思《おも》いついたようにわたしを見《み》る。

手《て》を伸《の》ばして、いきなりわたしの頭《あたま》をぐしゃぐしゃとした。

「ちょっ……！　な、なに!?」

わたしが目《め》を丸《まる》くしていると、視線《しせん》の先《さき》でニカッと笑《わら》った。

「今《いま》はママの代《か》わりに、心配症《しんぱいしょう》で泣《な》き虫《むし》の妹《いもうと》がいるからな。ちょっとくらい悪口《わるぐちい》言われても平《へい》気《き》だよ」

「も、もうっ！　わたし、泣《な》き虫《むし》じゃないもん！」

わたしはほっぺをふくらませて言《い》い返《かえ》す。

けど、心《こころ》はホカホカとあったかい。うれしい気持《きも》ちでいっぱいになった。

自分《じぶん》のやりたいことをつらぬくトラは最高《さいこう》にカッコいい。そんなトラに、わたしがいるから平気《へいき》って思《おも》ってもらえるのがうれしかった。

決《き》めた。わたし、トラのこと全力《ぜんりょく》で応援《おうえん》する。いつだってトラの味方《みかた》でいる。

だってトラは、わたしの強《つよ》くて優《やさ》しい最高《さいこう》のお姉《ねえ》ちゃんなんだもん。


放課後《ほうかご》のグラウンドを生徒《せいと》たちが下校《げこう》する中《なか》、わたしと友紀《ゆき》ちゃんもランドセルを背負《せお》って、校門《こうもん》を目指《めざ》している。

中学《ちゅうがく》のグラウンドを見《み》ると、ちょうどバスケ部《ぶ》がランニングの真《ま》っ最中《さいちゅう》。トラがフェンスに近《ちか》いところにさしかかったところだった。

「子鹿《こじか》！　今帰《いまかえ》り？」

わたしに気《き》がついて、こっちに来《き》た。

「うん、今《いま》から友紀《ゆき》ちゃんとうりをむかえにいくとこ」

「そっか。うりのおむかえ、任《まか》せきりでごめんな」

「いいよ、公式戦《こうしきせん》がんばって」

「友紀《ゆき》ちゃんも、毎日《まいにち》子鹿《こじか》と一緒《いっしょ》におむかえしてくれてありがとう」

トラが友紀《ゆき》ちゃんにお礼《れい》を言《い》う。

「はひっ！」

友紀《ゆき》ちゃんが変《へん》な声《こえ》を上《あ》げた。

「いえ。わたしは子鹿《こじか》ちゃんと一緒《いっしょ》にいるだけなので……！」

答《こた》えると、トラは手《て》を振《ふ》ってランニングに戻《もど》っていった。

「ほえ〜！　びっくりした」

わたしたちは、トラの後《うし》ろ姿《すがた》を見送《みおく》った。

真剣《しんけん》な表情《ひょうじょう》でランニングする姿《すがた》は、やっぱり最高《さいこう》にカッコいい。

そこでわたしはあることに気《き》がつく。

あれ？　今日《きょう》はトラのほかにも、ひとりでもくもくと走《はし》る一年生《いちねんせい》がいる。

練習試合《れんしゅうじあい》の時《とき》に、彩花《あやか》って呼《よ》ばれてた子《こ》……？

「子鹿《こじか》ちゃん、行《い》こう。今日《きょう》は琴音《ことね》ちゃんが来《く》る日《ひ》だったよね。ママがマフィンをたくさん焼《や》いたんだ。みんなで食《た》べよう」

友紀《ゆき》ちゃんがそう言《い》って歩《ある》き出《だ》す。

わたしも友紀《ゆき》ちゃんのあとを追《お》った。

「やった！　友紀《ゆき》ちゃんのママのマフィン、わたし大好《だいす》き」

青《あお》い空《そら》みたいに、わたしの気持《きも》ちも晴《は》れ晴《ば》れとしていた。

# 6 小鳥《おどり》に踊《おど》り禁止令《きんしれい》!?

十月《じゅうがつ》に入《はい》ると小学校《しょうがっこう》では、はるかぜ祭《さい》の準備《じゅんび》が始《はじ》まった。

わたしたち五年生《ごねんせい》はおばけ屋敷《やしき》をすることになったんだ。

毎日休《まいにちやす》み時間《じかん》と放課後《ほうかご》は、どういうおばけを登場《とうじょう》させるか、どんな演出《えんしゅつ》をするかの話《はな》し合《あ》いで大忙《おおいそが》し。

その日《ひ》も昼休《ひるやす》みに友紀《ゆき》ちゃんやほかのクラスメイトとおばけの衣装《いしょう》について相談《そうだん》していると。

「野々山《ののやま》、友紀《ゆき》」

教室《きょうしつ》のすみっこから浩介《こうすけ》くんが手招《てまね》きする。行《い》ってみると、深刻《しんこく》な感《かん》じで話《はな》し出《だ》した。

「母《かあ》ちゃんから新《あら》たな情報《じょうほう》が入《はい》った」

その言葉《ことば》にわたしはドキッとする。

新《あら》たな情報《じょうほう》って、野々山家《ののやまけ》のひみつにかかわること？

琴音《ことね》ちゃんのママの件《けん》が落《お》ち着《つ》いて、しばらく忘《わす》れていたけど、またなにか起《お》こったの？

「野々山《ののやま》の妹《いもうと》、ちょっとクラスで問題《もんだい》になってるぞ」

浩介《こうすけ》くんの言葉《ことば》に、わたしと友紀《ゆき》ちゃんは顔《かお》を見合《みあ》わせた。

「とにかく見《み》にいくぞ」

浩介《こうすけ》くんの言葉《ことば》にうなずいて、わたしたちは二年生《にねんせい》の教室《きょうしつ》に移動《いどう》した。

二年生《にねんせい》の教室《きょうしつ》では、合唱《がっしょう》の練習中《れんしゅうちゅう》。

二年生《にねんせい》の出《だ》し物《もの》は、合唱《がっしょう》なんだ。

わたしたちは後《うし》ろのドアからこっそりのぞく。

「大空《おおぞら》の〜虹《にじ》に向《む》かって羽《は》ばたこう」

みんな並《なら》んで大《おお》きな声《こえ》で歌《うた》ってる。

この曲《きょく》知《し》ってる。

『レインボー』だ。

前《まえ》の学校《がっこう》で三年生《さんねんせい》の時《とき》に習《なら》った。

明《あか》るくて、結構好《けっこうす》きな曲《きょく》。

小鳥《おどり》は……いた！

二列目《にれつめ》の右端《みぎはし》で、くるくる回《まわ》ったり手《て》を広《ひろ》げたりしながら、大《おお》きな口《くち》を開《あ》けて歌《うた》ってる。

すごく楽《たの》しそう。

「ちゃんと練習《れんしゅう》してるじゃん。なにが問題《もんだい》なのよ」

友紀《ゆき》ちゃんのつぶやきに浩介《こうすけ》くんが答《こた》えた。

「まぁ見《み》てろって」

曲《きょく》が終《お》わると、休憩《きゅうけい》に入《はい》る。先生《せんせい》はいったん教室《きょうしつ》を出《で》ていった。

みんなは、お茶《ちゃ》を飲《の》んだりトイレに行《い》ったり。

小鳥《おどり》は、はな歌《うた》を歌《うた》いながらくるくる回《まわ》って席《せき》を目指《めざ》して歩《ある》いてる。まだ歌《うた》い足《た》りないって感《かん》じ。そこへ。

「ねえ、小鳥《おどり》ちゃん。何度《なんど》も言《い》ってるけど、合唱《がっしょう》は歌《うた》を歌《うた》うんだよ。ダンスじゃないの」

ひとりの女《おんな》の子《こ》が小鳥《おどり》に声《こえ》をかけた。

さっきの合唱《がっしょう》で指揮《しき》をしてた子《こ》だ。長《なが》い髪《かみ》を三《み》つ編《あ》みにしている。

「小鳥《おどり》、ちゃんと歌《うた》ってますよ？」

小鳥《おどり》は首《くび》をかしげる。

三《み》つ編《あ》みの子《こ》が、ちょっと強《つよ》く言《い》い返《かえ》した。

「そうじゃなくて！　踊《おど》らないでって言《い》ってるの！　小鳥《おどり》ちゃんが動《うご》くから気《き》になっちゃって

指揮《しき》できないじゃん」

「だけど先生《せんせい》はダメって言《い》いませんよ？」

その時《とき》。

キーンコーンカーンコーン。

「あ！　チャイム！　小鳥《おどり》トイレに行《い》ってきます」

小鳥《おどり》はハンカチを手《て》に教室《きょうしつ》を出《で》ていった。

わたしたちはそっと教室《きょうしつ》を離《はな》れた。

五年生《ごねんせい》の教室《きょうしつ》に戻《もど》る途中《とちゅう》、浩介《こうすけ》くんが浩介《こうすけ》くんのママから聞《き》いた話《はなし》を教《おし》えてくれる。

「あの三《み》つ編《あ》みの子《こ》は石川《いしかわ》あやめって子《こ》。野々《のの》山《やま》の妹《いもうと》が合唱《がっしょう》の時《とき》に踊《おど》るのが嫌《いや》なんだって。親《おや》に文句《もんく》を言《い》ってるらしい」

たしかに合唱《がっしょう》では踊《おど》らないのが普通《ふつう》だよね。

でも小鳥《おどり》なら踊《おど》るのがあたりまえって感《かん》じが

する。

『レインボー』は、ウキウキしちゃうメロディだから、小鳥《おどり》がじっとしていられるわけがない。

「でも先生《せんせい》はダメって言《い》わないって小鳥《おどり》ちゃん話《はな》してたよね。じゃあいいんじゃない？」

友紀《ゆき》ちゃんの意見《いけん》にわたしはうなずいた。

「わたしもそう思《おも》う」

「それが逆《ぎゃく》に問題《もんだい》になってるんだよ。あの子《こ》とその親《おや》が、どうして先生《せんせい》は踊《おど》らせたままでなにも言《い》わないんだ？　ってうちの母《かあ》ちゃんにグチッてたらしい。このまま自由《じゆう》にやらせてるなら、学校《がっこう》へ文句《もんく》を言《い》いにいこうかって」

「ええ!?　それはまずいよ子鹿《こじか》ちゃん」

友紀《ゆき》ちゃんが声《こえ》を上《あ》げる。

たしかに。そんなことになって、先生《せんせい》から連絡《れんらく》が入《はい》ったら、ママが家《いえ》にいないのがバレちゃうよ！

「どうしよう、そうなる前《まえ》になんとかしなくちゃダメだよね」

わたしが言《い》うと、浩介《こうすけ》くんが答《こた》えた。

「とりあえず、合唱《がっしょう》なんだから踊《おど》るのはやめろって、野々山《ののやま》から妹《いもうと》に言《い》ったらどうだ？」

「えー、なんかそれってちょっと納得《なっとく》いかない。先生《せんせい》がダメって言《い》わないのに、あやめちゃんって子《こ》の言《い》う通《とお》りにするの？」

友紀《ゆき》ちゃんは不満《ふまん》そうだった。

「だけどこのままじゃ、親《おや》を巻《ま》き込《こ》むことになるのは時間《じかん》の問題《もんだい》だぜ。だいたい合唱《がっしょう》では踊《おど》らないのが普通《ふつう》だろ」

「でも小鳥《おどり》ちゃんは踊《おど》ってるのが普通《ふつう》だよ」

ふたりは言《い》い合《あ》いになる。

合唱《がっしょう》は踊《おど》らないものなんだから、踊《おど》らないようにするべきっていう浩介《こうすけ》くんの意見《いけん》。

先生《せんせい》がいいって言《い》うならそのままでいいんじゃない？　っていう友紀《ゆき》ちゃんの意見《いけん》。

どっちの意見《いけん》も正《ただ》しいようにわたしには思《おも》えた。

「友紀《ゆき》ちゃん、浩介《こうすけ》くんありがとう。とりあえず、家族《かぞく》で話《はな》し合《あ》ってみる」

どうすればいいかわからなくて、今《いま》はそれしか言《い》えなかった。


その日《ひ》の夜《よる》。

小鳥《おどり》がお風呂《ふろ》に入《はい》っているうちに、わたしはトラとしーちゃんに合唱《がっしょう》のことを相談《そうだん》した。

「そんなことになってたんだ……」

「たしかに合唱《がっしょう》では踊《おど》らないけど、小鳥《おどり》なら踊《おど》るだろうな」

トラとしーちゃんが真剣《しんけん》な顔《かお》で言《い》った。

「先生《せんせい》が止《と》めないんだから、やっちゃいけないことじゃないみたいだけど」

わたしは小鳥《おどり》をかばわずにいられなかった。

だって歌《うた》ってる時《とき》の小鳥《おどり》、本当《ほんとう》に楽《たの》しそうだった。

教室《きょうしつ》の一番後《いちばんうし》ろから聞《き》いてもはっきり聞《き》こえるくらい大《おお》きな声《こえ》で歌《うた》えてたんだもん。

『レインボー』は日本《にほん》の歌《うた》。

だから小鳥《おどり》は引《ひ》っ越《こ》してきてから知《し》ったはず。きっと一生懸命覚《いっしょうけんめいおぼ》えたんだ。

「まぁ……。別《べつ》に悪《わる》いことをしてなくても、人《ひと》と違《ちが》うっていうだけで、悪《わる》く言《い》われるのはあるよな」

トラがちょっと憂《ゆう》うつそうに言《い》った。

この間《あいだ》の部活《ぶかつ》でのことを思《おも》い出《だ》してるみたいだった。

トラは周《まわ》りになんと言《い》われようとも、自分《じぶん》のやりたいことをつらぬいている。

小鳥《おどり》だってやりたいようにやればいいんだ。

「ダメなことをしてるわけじゃないのに、責《せ》められるなんてかわいそう」

できることなら、わたしが教室《きょうしつ》に行《い》ってあやめちゃんに説明《せつめい》したい。

けど、もちろんそんなことはできない。

今《いま》そんなことをしたら、大《おお》きな問題《もんだい》になって、きっと大人《おとな》を巻《ま》き込《こ》むことになる。

かばってあげられないのがつらかった。

「仕方《しかた》ない。小鳥《おどり》に、合唱《がっしょう》では踊《おど》らないように言《い》おうか」

ため息《いき》をついてしーちゃんが結論《けつろん》を出《だ》す。

ほかにいい方法《ほうほう》が思《おも》い浮《う》かばないわたしとトラは無言《むごん》でうなずいた。

「でもそれってすごく難《むずか》しそうだけど」

図鑑《ずかん》を読《よ》みながら、わたしたちの話《はなし》を聞《き》いていたうりがつぶやいた。

その意見《いけん》に、わたしたちは顔《かお》を見合《みあ》わせる。

たしかに……

合唱《がっしょう》の時《とき》は踊《おど》らないなんて、普通《ふつう》に考《かんが》えたらそんなに難《むずか》しいことじゃない。

でも小鳥《おどり》にとっては、すごく大変《たいへん》だよね。

なにもなくても踊《おど》っているんだもん。

歌《うた》を歌《うた》ってるのに、踊《おど》らないなんてできるかな……

「問題《もんだい》はだれがどんな風《ふう》に小鳥《おどり》に言《い》うかだな」

トラの言葉《ことば》に、わたしとしーちゃんは気《き》まずい気持《きも》ちで顔《かお》を見合《みあ》わせる。

小鳥《おどり》に『踊《おど》らないで』なんてかわいそうなこと言《い》いたくない。

「子鹿《こじか》がいいんじゃない？　小鳥《おどり》、子鹿《こじか》のこと大好《だいす》きだし。子鹿《こじか》の言《い》うことなら聞《き》くでしょ」

うりが言《い》う。

トラとしーちゃんが助《たす》かったって顔《かお》になる。わたしは、そんなぁ……って絶望的《ぜつぼうてき》な気持《きも》ちになった。

そんなかわいそうなこと、言《い》いたくないよー。

だけどしーちゃんとトラは、お願《ねが》いって顔《かお》でわたしを見《み》てるし、誰《だれ》かが言《い》わなくちゃダメなんだし……

「わかった。わたしから言《い》ってみる」

ため息《いき》をついてわたしは言《い》った。

小鳥《おどり》に合唱《がっしょう》では踊《おど》らないでって言《い》い渡《わた》す役割《やくわり》を引《ひ》き受《う》けたけど、結局《けっきょく》その日《ひ》は言《い》えなかった。

だって大好《だいす》きなことをしちゃダメって言《い》われるのはすごくつらい。

それにどうしてダメなのかっていう理由《りゆう》も、うまく説明《せつめい》できないし……

だけど、ぐずぐずしていられない。

浩介《こうすけ》くんの話《はなし》では、次《つぎ》あやめちゃんが困《こま》ってたらあやめちゃんのママが先生《せんせい》に相談《そうだん》するって言《い》ってたらしいから、時間《じかん》もない。


次《つぎ》の日《ひ》わたしは、小鳥《おどり》が傷《きず》つかず踊《おど》らないでいられる方法《ほうほう》を一生懸命《いっしょうけんめい》考《かんが》えた。

そして夜《よる》、寝《ね》る前《まえ》についに言《い》うことにしたんだ。

「小鳥《おどり》、ちょっと話《はなし》があるんだけど」

お布団《ふとん》の上《うえ》に正座《せいざ》して、寝《ね》る前《まえ》のダンスをする小鳥《おどり》に向《む》かってそう言《い》うと、小鳥《おどり》はきょとんとして踊《おど》るのをやめる。わたしの前《まえ》にすとんと座《すわ》って首《くび》をかしげた。

「なんですか？」

トラは筋《きん》トレをしながら、しーちゃんは爪《つめ》の手入《てい》れをしながら、うりは図鑑《ずかん》を読《よ》みながら、わたしと小鳥《おどり》の話《はなし》に聞《き》き耳《みみ》を立《た》てていた。

「えーっと。あのさ、昨日《きのう》、たまたま小鳥《おどり》の合唱《がっしょう》の練習《れんしゅう》を見《み》たんだけど。えーっと、その……

あの、お、大《おお》きな声《こえ》で歌《うた》えてたね！」

いきなり本題《ほんだい》には入《はい》れなくてそう言《い》うと、小鳥《おどり》が目《め》を輝《かがや》かせた。

「子鹿《こじか》、小鳥《おどり》の合唱《がっしょう》、見《み》てくれたんですね！　オブリガーダ《ありがとう》！　小鳥《おどり》あの歌大好《うただいす》きです。歌《うた》ってると鳥《とり》になった気分《きぶん》になります」

「いい歌《うた》だよね、わたしも好《す》き。歌《うた》ってるのを聞《き》くと、自分《じぶん》も歌《うた》い出《だ》しちゃうよね」

「そうです、そうです。小鳥《おどり》、合唱《がっしょう》の練習《れんしゅう》が始《はじ》まってからずっと歌《うた》ってます」

ひざの上《うえ》においた手《て》でわたしはこぶしを作《つく》った。

「だけど……だけどね、小鳥《おどり》。小鳥《おどり》は歌《うた》う時踊《ときおど》っているでしょ？　えーっと、あれはちょっと、その……」

最後《さいご》まで言《い》えなくてゴニョゴニョ言《い》うと、小鳥《おどり》はわたしがなにを言《い》いたいのかわかったみたい。しょんぼりした。

「ああ、そうでした。踊《おど》るのはダメなんです……。今日《きょう》もあやめちゃんに言《い》われました。あやめちゃん、すごく怒《おこ》ってる」

「あやめちゃん……お友《とも》だちに言《い》われたの？」

あやめちゃん、そうとう頭《あたま》に来《き》てるみたい。

二日連続《ふつかれんぞく》で直接《ちょくせつ》小鳥《おどり》に言《い》うなんて。

「小鳥《おどり》、あやめちゃんを怒《おこ》らせてしまいました。でもわざとじゃありません。踊《おど》るのがダメって知《し》らなかったんです。ブラジルのカルニバルでは歌《うた》って踊《おど》るのがあたりまえでしたから」

わたしの胸《むね》がチクチクした。

「あやめちゃんは踊《おど》るととなりの子《こ》に迷惑《めいわく》だし、指揮《しき》がやりにくいって言《い》ってました。合唱《がっしょう》は指揮《しき》の子《こ》がリーダー、小鳥《おどり》明日《あした》から踊《おど》るのをがまんします」

そう言《い》って小鳥《おどり》はうつむいてしまう。

わたしが言《い》わなくても、踊《おど》らないって決《き》めてたみたい。これで問題《もんだい》は解決《かいけつ》したってことだけど、やっぱりすごくかわいそう。

わたしは昼間《ひるま》に一生懸命《いっしょうけんめい》考《かんが》えたことを提案《ていあん》してみる。

「小鳥《おどり》、世界中《せかいじゅう》にダンスの種類《しゅるい》ってたくさんあるじゃない？」

話《はなし》がダンスのことになったからか、小鳥《おどり》が顔《かお》を上《あ》げてわたしを見《み》た。

「自由《じゆう》に踊《おど》るダンスもあるけど、たくさんの人《ひと》とみんなで動《うご》きをぴったり合《あ》わせるダンスもあるよね」

「あります、あります」

「だからさ、これもダンスだと思《おも》えばいいんじゃない？　つまり……合唱《がっしょう》は踊《おど》らないダンスって考《かんが》えるのはどう？　明日《あした》から小鳥《おどり》は踊《おど》らないダンスの練習《れんしゅう》をするの」

ちょっと無理《むり》やりすぎるかな？

でもどうせ踊《おど》れないなら、ただ禁止《きんし》されるより、前向《まえむ》きな理由《りゆう》がある方《ほう》がいいんじゃないかな？

「踊《おど》らないダンス？」

「そう。……やってみない？」

気《き》まずい思《おも》いで問《と》いかけると、小鳥《おどり》はぱあって笑顔《えがお》になった。

「やりますやります。小鳥《おどり》、大《おお》きくなったら、どんなダンスも踊《おど》れるダンサーになりたいんです。踊《おど》らないダンスもやれるようになりたいです！」

そう言《い》って、ピョンピョンはねてくるりとその場《ば》で一回転《いっかいてん》。

それを見《み》たトラとしーちゃんが安心《あんしん》してちょっと笑顔《えがお》になった。

わたしもとりあえず小鳥《おどり》が元気《げんき》になったことにホッとする。

「踊《おど》らないダンス！　明日《あした》からやってみまーす！」

そう言《い》って、お布団《ふとん》の上《うえ》でくるくる回《まわ》ってる。

「踊《おど》りまくってるじゃんか」

うりがあきれてつぶやいた。


次《つぎ》の日《ひ》のお昼休《ひるやす》み。わたしは浩介《こうすけ》くんと友紀《ゆき》ちゃんと一緒《いっしょ》に、二年生《にねんせい》の教室《きょうしつ》の後《うし》ろのドアからこっそり小鳥《おどり》の合唱練習《がっしょうれんしゅう》を見《み》ている。

昨日《きのう》の話《はなし》をふたりにしたら、どんな様子《ようす》か見《み》に行《い》こうってなったんだ。

「ちゃんとジッとしてるな。これならきっと大丈夫《だいじょうぶ》だ」

浩介《こうすけ》くんが満足《まんぞく》そうにつぶやいた。

浩介《こうすけ》くんの言《い》う通《とお》り、小鳥《おどり》は踊《おど》っていなかった。

気《き》をつけの姿勢《しせい》のまま口《くち》だけ動《うご》かしてる。

これならきっとあやめちゃんも文句《もんく》ない。

よかった……とは思《おも》うけど……

「踊《おど》らない小鳥《おどり》ちゃんってなんか変《へん》な感《かん》じだね」

ちょっと暗《くら》い声《こえ》で友紀《ゆき》ちゃんが言《い》う。

わたしもそう思《おも》った。

……なんか変《へん》な感《かん》じ。

小鳥《おどり》はもじもじして困《こま》ったみたいな顔《かお》をしていた。

踊《おど》らないでいるのにいっぱいいっぱいって感《かん》じ。いちおう口《くち》は動《うご》かしてるけど、歌《うた》うどころじゃないみたい。この前《まえ》みたいに、ここまで声《こえ》が聞《き》こえてこなかった。

「みんなどうしたの？　今日《きょう》は声《こえ》が出《で》てないみたいよ」

先生《せんせい》の言葉《ことば》を聞《き》きながらわたしたちは、自分《じぶん》たちの教室《きょうしつ》へ戻《もど》った。

「大丈夫《だいじょうぶ》かな、小鳥《おどり》ちゃん」

友紀《ゆき》ちゃんが心配《しんぱい》そうに言《い》う。

わたしも同《おな》じ気持《きも》ちだった。

早《はや》く慣《な》れるといいけど……。


「今日《きょう》はちょっとしか進《すす》まなかったね」

放課後《ほうかご》、水道《すいどう》で絵《え》の具《ぐ》の筆《ふで》を洗《あら》いながら友紀《ゆき》ちゃんが言《い》う。

わたしはうなずいた。

「ね、本物《ほんもの》みたいににぬらなきゃいけないから難《むずか》しいしね」

わたしたちのクラスでは、おばけ屋敷《やしき》でなにをするかが決《き》まり、今《いま》は道具《どうぐ》や背景《はいけい》を作《つく》っている。

わたしと友紀《ゆき》ちゃんと浩介《こうすけ》くんが担当《たんとう》してるのは、古《ふる》い井戸《いど》のゾーン。おっきな井戸《いど》にお客《きゃく》さんが近《ちか》づいたら、中《なか》から白《しろ》い着物《きもの》を着《き》たおばけ役《やく》がおどかすんだ。

おばけ屋敷《やしき》の準備《じゅんび》は井戸《いど》以外《いがい》にも、おばけ役《やく》の衣装《いしょう》とか小道具《こどうぐ》とかほかにもたくさんあるから、準備《じゅんび》のスピードを上《あ》げなくちゃ。

今週《こんしゅう》から、お祭《まつ》りの準備《じゅんび》で放課後《ほうかご》の一時間《いちじかん》は学校《がっこう》に残《のこ》っていいことになってる。残《のこ》るか残《のこ》らないかは自由《じゆう》で、習《なら》い事《ごと》がある子《こ》は帰《かえ》る。

なにも習《なら》い事《ごと》をしてなくて毎日残《まいにちのこ》れるわたしが、帰《かえ》らなくちゃいけない子《こ》たちの分《ぶん》もがんばろう。そう気合《きあ》いを入《い》れていると。

「ねえ、子鹿《こじか》ちゃん。あれ、小鳥《おどり》ちゃんじゃない？」

友紀《ゆき》ちゃんが雨《あめ》が降《ふ》るグラウンドを指《ゆび》さした。

あんまり人《ひと》がいないグラウンドを歩《ある》いていく、ふわふわのツインテールの女《おんな》の子《こ》は、たしかに小鳥《おどり》だった。

小鳥《おどり》も習《なら》い事《ごと》はしてないし、早《はや》く帰《かえ》る理由《りゆう》もないから、合唱《がっしょう》の練習《れんしゅう》で毎日残《まいにちのこ》っているはず。

「どうしたんだろ」

わたしたちは顔《かお》を見合《みあ》わせる。

しかも雨《あめ》が降《ふ》ってるのに、傘《かさ》をさしていない。

朝《あさ》から雨《あめ》が降《ふ》っていたから、小鳥《おどり》は自分《じぶん》の傘《かさ》を持《も》っていったはず。

持《も》ってきたこと忘《わす》れたのかな……。

なんだかすごく心配《しんぱい》。

最近《さいきん》の家《いえ》での小鳥《おどり》を思《おも》い出《だ》したからだ。

合唱《がっしょう》で踊《おど》らないようにするって決《き》めてから、小鳥《おどり》は家《いえ》でも踊《おど》らなくなった。家《いえ》では踊《おど》っていいんだよってわたしが言《い》っても、しょんぼりしたまま首《くび》を横《よこ》に振《ふ》る。

『そしたら、合唱《がっしょう》の時《とき》にも踊《おど》ってしまいそうです』

小鳥《おどり》が踊《おど》らないと家《いえ》が静《しず》かで、変《へん》な感《かん》じなんだ。

『あーもうっ！　静《しず》かだと逆《ぎゃく》に本読《ほんよ》みに集中《しゅうちゅう》できないよ』

文句《もんく》を言《い》いながら、うりは心配《しんぱい》してるみたいだった。

わたしとしーちゃんとトラも心配《しんぱい》はしてるけど、なにも言《い》ってあげられない。

とりあえず合唱《がっしょう》の時《とき》に踊《おど》らないのが成功《せいこう》してるなら、学校《がっこう》で問題《もんだい》にならないし、ママが家《いえ》にいないこともバレないから。

だけど、元気《げんき》のない小鳥《おどり》を見《み》てたらやっぱり胸《むね》が痛《いた》い。

小鳥《おどり》、はるかぜ祭《さい》を楽《たの》しみにしてたのに……

「小鳥《おどり》ちゃん、傘忘《かさわす》れたのかな？」

友紀《ゆき》ちゃんが不思議《ふしぎ》そうに言《い》う。

「ねえ、友紀《ゆき》ちゃんこれお願《ねが》いしてもいい？　わたしちょっと行《い》ってくる！」

わたしは友紀《ゆき》ちゃんに言《い》って、急《いそ》いで昇降口《しょうこうぐち》を目指《めざ》した。

走《はし》ってグラウンドを横切《よこぎ》り、校門《こうもん》を出《で》たところでようやく小鳥《おどり》に追《お》いつく。

濡《ぬ》れながら、トボトボ歩《ある》く背中《せなか》に声《こえ》をかけた。

「小鳥《おどり》！」

ハアハアと息切《いきぎ》れしながら声《こえ》をかけると、小鳥《おどり》はビクッと止《と》まってゆっくりと振《ふ》り返《かえ》る。

「子鹿《こじか》」

ちょっとホッとしたみたいな顔《かお》になった。

「今帰《いまかえ》り？」

「はい……練習《れんしゅう》は今日《きょう》は終《お》わりです」

ちょっと気《き》まずそうに答《こた》えた。

「傘《かさ》は？　持《も》ってきたはずじゃなかった？」

「え？　……あ、忘《わす》れていました」

「びしょびしょだよ。ほら、わたしの貸《か》してあげる。わたしは友紀《ゆき》ちゃんに入《い》れてもらうから」

わたしが自分《じぶん》の傘《かさ》を差《さ》しだすと、小鳥《おどり》は素直《すなお》に受《う》け取《と》った。

「オブリガード《ありがとう》」

「大丈夫《だいじょうぶ》？　ひとりで帰《かえ》れる？」

毎日歩《まいにちある》いている道《みち》なんだから、小鳥《おどり》が迷《まよ》うはずない。でもそう聞《き》きたくなるくらいしょんぼりしていた。

「大丈夫《だいじょうぶ》でーす」

にっこり笑《わら》って小鳥《おどり》はくるりとこちらに背《せ》を向《む》けて歩《ある》きだした。

その後《うし》ろ姿《すがた》を見《み》てわたしは心配《しんぱい》になる。だけど、いつまでもここにいたらぬれちゃうから、わたしはまた走《はし》って昇降口《しょうこうぐち》に向《む》かった。

……なんとなく、教室《きょうしつ》へ戻《もど》る前《まえ》に二年生《にねんせい》の教室《きょうしつ》に寄《よ》る。予想《よそう》したとおり、合唱《がっしょう》の練習《れんしゅう》は終《お》わっていなかった。

前《まえ》よりもちょっと元気《げんき》のない歌声《うたごえ》に、先生《せんせい》がストップをかけた。

「やっぱり最近《さいきん》、みんなちょっと元気《げんき》ないかな？　つかれちゃったかもしれないね。今日《きょう》はこのくらいにして、明日《あす》またがんばりましょう」

先生《せんせい》はみんなにさようならを言《い》って、職員室《しょくいんしつ》へ向《む》かって歩《ある》いていく。

その背中《せなか》を見《み》て、わたしは少《すこ》し考《かんが》える。

このまま小鳥《おどり》が踊《おど》らない方《ほう》が、家族《かぞく》のひみつを守《まも》るためにはいいんだけど。

でも。

でも……！

意《い》を決《けっ》して、わたしは先生《せんせい》のあとを追《お》った。

「先生《せんせい》」

渡《わた》り廊下《ろうか》まで来《き》て追《お》いついて声《こえ》をかけると、先生《せんせい》が振《ふ》り返《かえ》った。

「あら、野々山《ののやま》さん。どうかした？」

「えーっと。その……」

なんて言《い》えばいいんだろ。

「合唱《がっしょう》のことなんですけど」

すると先生《せんせい》はちょっと心配《しんぱい》そうな表情《ひょうじょう》になった。

「小鳥《おどり》ちゃん、なにか言《い》ってる？　今日《きょう》、練習《れんしゅう》に出《で》ないで帰《かえ》っちゃったんだけど」

「小鳥《おどり》は……なにも。あの、だけど先生《せんせい》……小鳥《おどり》が合唱《がっしょう》の時《とき》に踊《おど》るのって……ダメですか？」

「え？　ああ、合唱《がっしょう》の時《とき》の小鳥《おどり》ちゃんね。そんなことないわ、すっごく楽《たの》しそうでいいと思《おも》う。先生《せんせい》、見《み》ているだけで明《あか》るい気持《きも》ちになる。大《おお》きな声《こえ》も出《で》てるし。……だけどそういえば、今《こん》週小鳥《しゅうおどり》ちゃん踊《おど》らなくなったわね……なにかあったの？」

問《と》いかけられて、ドキッとする。

あやめちゃんのことを言《い》ったら、先生《せんせい》にもめごとをわざわざ知《し》らせるようなもんだよね。

「い、いえ、なにも。わたし準備《じゅんび》に戻《もど》ります。先生《せんせい》、さよなら」

「……さようなら」

わたしは早足《はやあし》で渡《わた》り廊下《ろうか》を戻《もど》る。階段《かいだん》を上《のぼ》ろうとして、陰《かげ》にあやめちゃんがいることに気《き》がつく。びっくりして足《あし》を止《と》めると、あやめちゃんはビクッとして二年生《にねんせい》の教室《きょうしつ》の方《ほう》へ走《はし》っていった。

ため息《いき》をついて、窓《まど》の外《そと》を見《み》る。

ぬれながら帰《かえ》っていった小鳥《おどり》の背中《せなか》を思《おも》い出《だ》して、やっぱりこのままじゃダメって思《おも》いがむくむくと湧《わ》いてきた。

みんなを明《あか》るい気持《きも》ちにする小鳥《おどり》のダンス。やめさせるべきじゃない。

だって悪《わる》いことじゃないんだもん。

なによりわたしが、小鳥《おどり》のダンスを見《み》られないのはさみしかった。


その日《ひ》の夜《よる》も小鳥《おどり》は元気《げんき》がなかった。せっかくしーちゃんが作《つく》ってくれたカレーもほんのちょっぴりしか食《た》べない。

こんな元気《げんき》のない小鳥《おどり》を見《み》るのはつらすぎる。

お風呂《ふろ》から上《あ》がって、もう寝《ね》るだけって時《とき》になって、わたしは小鳥《おどり》に話《はな》しかける。

「ねえ、小鳥《おどり》。やっぱり、踊《おど》らないダンスの練習《れんしゅう》はやめにしない？」

お布団《ふとん》に入《はい》ろうとしていた小鳥《おどり》が目《め》をパチパチさせた。

「今日《きょう》ね、小鳥《おどり》の先生《せんせい》に聞《き》いたんだ。合唱《がっしょう》の時《とき》に小鳥《おどり》が踊《おど》るの、全然《ぜんぜん》ダメじゃないって言《い》ってたよ。むしろ明《あか》るい気持《きも》ちになるって！　だから、明日《あした》からは今《いま》まで通《どお》り踊《おど》ることにしようよ」

だけど小鳥《おどり》は首《くび》を横《よこ》に振《ふ》った。

「でも、あやめちゃんが……。だから小鳥《おどり》がんばって練習《れんしゅう》します。ちょっとうまくいかないけど……」

小《ちい》さな声《こえ》で答《こた》えてうつむく小鳥《おどり》に、わたしの胸《むね》がズキンと痛《いた》んだ。唇《くちびる》をかんで、小鳥《おどり》の両肩《りょうかた》をガシッとつかむ。

「わたしは小鳥《おどり》のダンスが好《す》き！　見《み》てると元気《げんき》になるんだもん。踊《おど》らないダンスなんて言《い》ったのはわたしだけど、やっぱり小鳥《おどり》には踊《おど》っててほしい。今週《こんしゅう》は見《み》られなくて、つまんないよ」

そう言《い》ってじっと小鳥《おどり》を見《み》ると、目《め》にみるみる涙《なみだ》が浮《う》かんだ。

「子鹿《こじか》」

小鳥《おどり》がつぶやいて、わたしに抱《だ》きついた。しがみついてシクシク泣《な》く小鳥《おどり》をギュッと抱《だ》きしめた。

トラとしーちゃんが、びっくりしてわたしたちを見《み》てた。

勝手《かって》なことを言《い》ってごめんなさい。

小鳥《おどり》がまた踊《おど》るようになったら、家族《かぞく》のひみつがバレちゃうかもしれないのに。

でもどうしても、もうこれ以上元気《いじょうげんき》のない小鳥《おどり》を見《み》たくなかったんだ。

トラが仕方《しかた》がないなって感《かん》じで肩《かた》をすくめた。

「あたしも、子鹿《こじか》に賛成《さんせい》。周《まわ》りのことも大事《だいじ》だけど、自分《じぶん》の気持《きも》ちはもっと大事《だいじ》だ」

しーちゃんが優《やさ》しく笑《わら》ってうなずいた。

「だね、ボクもそう思《おも》う。小鳥《おどり》のダンスがなくてさみしいのは子鹿《こじか》だけじゃなくてボクたちもだよ」

「静《しず》かだと本読《ほんよ》みに集中《しゅうちゅう》できないから、そうしてほしいんだけど」

うりもそう言《い》ってくれた。

みんなの言葉《ことば》に小鳥《おどり》は答《こた》えず、そのままシクシク泣《な》いている。

その夜《よる》、しがみついたまま泣《な》く小鳥《おどり》と、わたしは一緒《いっしょ》のお布団《ふとん》で寝《ね》た。

# 7　やっぱり小鳥《おどり》は踊《おど》らなきゃ！

雨《あめ》が降《ふ》った日《ひ》の二日後《ふつかご》の放課後《ほうかご》。

友紀《ゆき》ちゃんと別《わか》れたわたしは、友紀《ゆき》ちゃんのママが作《つく》ってくれたマフィンを持《も》ってぐねぐね道《みち》をかけ上《あ》がっている。これを早《はや》く小鳥《おどり》に渡《わた》したくて。

雨《あめ》にぬれて帰《かえ》ってきた日《ひ》、小鳥《おどり》は夜中《よなか》に熱《ねつ》を出《だ》した。

次《つぎ》の日《ひ》は寺中《てらなか》さんに来《き》てもらって学校《がっこう》をお休《やす》みしたんだ。熱《ねつ》は一日《いちにち》で下《さ》がったけど、念《ねん》のため今日《きょう》もお休《やす》みしている。

友紀《ゆき》ちゃんのママのマフィン、小鳥《おどり》は大好《だいす》きだから、きっと喜《よろこ》ぶ。

ぐねぐね道《みち》を上《のぼ》りきると、ランドセルを背負《せお》った女《おんな》の子《こ》が庭《にわ》にいる。

あれは……あやめちゃん？

あやめちゃんは、玄関《げんかん》から少《すこ》し離《はな》れたところから、はるかぜ荘《そう》を見《み》ていた。

ぐねぐね道《みち》の上《うえ》にある家《いえ》ははるかぜ荘《そう》だけだから、家《いえ》に用《よう》があるのはたしかだけど……

「あの」

わたしが声《こえ》をかけると、あやめちゃんはビクッとして振《ふ》り返《かえ》った。

「石川《いしかわ》あやめちゃんだよね？　小鳥《おどり》のクラスの。小鳥《おどり》になにか用《よう》？」

プリントかなにかを預《あず》かってきてくれたのかなって思《おも》うけど、どうやらそうじゃないみたい。

あやめちゃんは気《き》まずそうに口《くち》を開《ひら》いた。

「えーっと……小鳥《おどり》ちゃん。どうして学校休《がっこうやす》んでるのかな……って思《おも》って」

「熱《ねつ》が出《で》ちゃって。だけどもう今日《きょう》の朝《あさ》からは元気《げんき》だよ」

「熱《ねつ》が……そうなんだ」

ちょっとホッとしたみたいに、あやめちゃんは言《い》う。そして、すぐにあわててつけ足《た》した。

「あっ！　熱《ねつ》もダメなんだけど」

あやめちゃん、もしかして小鳥《おどり》のこと心配《しんぱい》してる？　きつい子《こ》なのかなって思《おも》ってたけど、もしかしてそうじゃないのかも。

「明日《あした》は学校行《がっこうい》けると思《おも》うよ。たぶん今《いま》、起《お》きてるんじゃないかな。ちょっと待《ま》ってて」

「え？　……でも」

「マフィンがあるよ、一緒《いっしょ》に食《た》べよう」

わたしはあやめちゃんにそう言《い》って、玄関《げんかん》をガラガラと開《あ》ける。いつもは開《あ》けっ放《ぱな》しの仕切《しき》りの障子《しょうじ》は、今日《きょう》は小鳥《おどり》が寝《ね》てたから閉《し》めてある。

中《なか》から小鳥《おどり》の大《おお》きな歌声《うたごえ》が聞《き》こえてきた。

「虹《にじ》に向《む》かって〜羽《は》、ば、た、こー！」

よかった、すっかり元気《げんき》になったみたい。

歌声《うたごえ》につられてあやめちゃんが玄関《げんかん》の中《なか》にやってくる。

障子《しょうじ》の向《む》こうで寺中《てらなか》さんがくすくす笑《わら》った。

「小鳥《おどり》ちゃん、そこ、すごくいいわ。本当《ほんとう》に飛《と》んでいっちゃいそう」

寺中《てらなか》さんは看病《かんびょう》のために来《き》てくれたんだけど、きっと小鳥《おどり》の元気《げんき》がありあまってるから合唱《がっしょう》の練習《れんしゅう》に付《つ》き合《あ》ってくれてるんだ。

小鳥《おどり》、体《からだ》だけじゃなくて、気持《きも》ちも明《あか》るくなったんだ。よかった。

「ああ、だけどちょっとやりすぎです。もう一回《いっかい》。虹《にじ》に向《む》かって〜羽《は》、ば、た、こー!!」

小鳥《おどり》が歌《うた》の最後《さいご》のところをもう一回歌《いっかいうた》った時《とき》。

バターン！

障子《しょうじ》が外《はず》れてわたしたちがいる方《ほう》に倒《たお》れてくる。

同時《どうじ》に小鳥《おどり》が飛《と》び出《だ》してきて、あんぐり口《くち》を開《あ》けるわたしたちの前《まえ》に倒《たお》れた。

「小鳥《おどり》ちゃん大丈夫《だいじょうぶ》!?」

寺中《てらなか》さんもびっくりして声《こえ》を上《あ》げた。

「イタタ……！　やっちゃいました」

回《まわ》りすぎて、障子《しょうじ》に突《つ》っ込《こ》んだんだ。

小鳥《おどり》の手《て》と足《あし》がつっこんで穴《あな》が空《あ》いた障子《しょうじ》に、わたしはぷっと噴《ふ》き出《だ》した。

「もう……！　この前《まえ》はふすまにも穴《あな》が空《あ》いたのに……！」

玄関《げんかん》にも穴《あな》が空《あ》いて、押入《おしい》れも障子《しょうじ》もなんて、はるかぜ荘《そう》は穴《あな》だらけ！

わたしは笑《わら》いが止《と》まらなくなっちゃう。

「ママが帰《かえ》ってきたらびっくりするよ」

「あ、子鹿《こじか》おかえりなさい。えへへ、やっちゃいました」

頭《あたま》をかいて笑《わら》う小鳥《おどり》が、あやめちゃんに気《き》がついた。

「あれ？　あやめちゃん。来《き》てくれたんですか？」

「え……う、うん」

あやめちゃんがびっくりしたまま答《こた》える。

「あやめちゃん、えーっと、ごめんなさい。小鳥《おどり》、やっぱり合唱《がっしょう》の時《とき》、ほんのちょっと踊《おど》りたいです。だけどあやめちゃんのジャマになりたくないから、今練習《いまれんしゅう》をしてたんです。なるべく目立《めだ》たないようなダンスを考《かんが》えてて……」

ちょっともじもじしながら小鳥《おどり》が言《い》った。

小鳥踊《おどりおど》ることにしたんだ！

よかった。

これできっともとの小鳥《おどり》に戻《もど》るよね。

わたしは安心《あんしん》したけれど、あやめちゃんは、ポロポロと涙《なみだ》を流《なが》してる。

今度《こんど》は小鳥《おどり》があわあわした。

「あわわ、あやめちゃん。泣《な》かないでください。今小鳥《いまおどり》が考《かんが》えているのは、あやめちゃんにもとなりの子《こ》にもジャマにならないダンスです。だから……」

「そうじゃない！」

あやめちゃんが、大《おお》きな声《こえ》を出《だ》す。

わたしと小鳥《おどり》は顔《かお》を見合《みあ》わせた。

あやめちゃんどうしちゃったの？

「小鳥《おどり》ちゃんは、小鳥《おどり》ちゃんは……お、踊《おど》ってよ!!」

そしてそのままわんわんと泣《な》き出《だ》した。

「踊《おど》って、大《おお》きな声《こえ》でう、歌《うた》ってよ! 小鳥《おどり》ちゃんがいないとクラスのみんなが小《ちい》さな声《こえ》になっちゃうの……ひっく。み、みんな小鳥《おどり》ちゃんが楽《たの》しく踊《おど》って歌《うた》うから、楽《たの》しく、う、歌《うた》えてた……。それなのに、わたし……う、うわーん!」

ひっくひっくと泣《な》くあやめちゃんを前《まえ》に、わたしは二年生《にねんせい》の先生《せんせい》が練習《れんしゅう》でみんなに言《い》ってたことを思《おも》い出《だ》した。

小鳥《おどり》のいない練習《れんしゅう》では『元気《げんき》がない』って言《い》ってたっけ。

小鳥《おどり》が踊《おど》りながら大《おお》きな声《こえ》で歌《うた》ってたから、みんなもつられて元気《げんき》に歌《うた》えてたんだ。

しーちゃんから小鳥《おどり》の事情《じじょう》を聞《き》いていた寺中《てらなか》さんが微笑《ほほえ》んだ。

「あやめちゃん、わざわざそれを言《い》いに来《き》てくれたのね。よかったわね、小鳥《おどり》ちゃん」

「小鳥《おどり》ちゃんごめん。あんなこと言《い》ってごめんね……!」

あやめちゃん、小鳥《おどり》に謝《あやま》りに来《き》てくれたんだ。

小鳥《おどり》のほっぺが赤《あか》くなって、目《め》がキラキラと輝《かがや》きだす。そして、あやめちゃんのところへ来《き》て手《て》をにぎった。

「あやめちゃん、小鳥今《おどりいま》、合唱《がっしょう》の練習《れんしゅう》をしてるんです。指揮《しき》をしてください。小鳥《おどり》、三日《みっか》も練《れん》習《しゅう》ができなかったですから」

「え？　い、今《いま》から？」

「ほら、こっちこっち」

まだ返事《へんじ》もしてないのに、小鳥《おどり》に引《ひ》っぱられて、あやめちゃんは部屋《へや》へ上《あ》がる。

「ああ、指揮棒《しきぼう》がありませんね。あ！　そうだ！」

そう言《い》って小鳥《おどり》はキッチンからお箸《はし》を持《も》ってきた。

「指揮棒《しきぼう》です」

渡《わた》されたあやめちゃんは、びっくりしながら笑《わら》い出《だ》した。

「お箸《はし》じゃん。ふふふ、小鳥《おどり》ちゃんっておもしろい」

そしてふたりは、さっそく合唱《がっしょう》の練習《れんしゅう》を始《はじ》めた。

「虹《にじ》に向《む》かって～羽《は》、ば、た、こー！」

歌《うた》に合《あ》わせて小鳥《おどり》が、楽《たの》しそうにくるくる回《まわ》る。

「小鳥《おどり》ちゃんダメ～、小鳥《おどり》ちゃんが踊《おど》ってたら、わたしもつられて踊《おど》っちゃう……！」

あやめちゃんが困《こま》ったような声《こえ》を上《あ》げた。

「だから踊《おど》らないでほしかったの〜！」

「あやめちゃんも踊《おど》りたいなら、踊《おど》ったらいいじゃない。指揮者《しきしゃ》も踊《おど》る合唱《がっしょう》、すごく楽《たの》しそうよ」

寺中《てらなか》さんがアドバイスしてくれた。

「だ、だけど……」

「あやめちゃんも踊《おど》りたいですか？　なら小鳥《おどり》が教《おし》えてあげます」

「え？　……ええ!?」

「ほら、こうやるのはどうですか？」

完全《かんぜん》に小鳥《おどり》のペースだ。

あやめちゃんは、ほっぺを真《ま》っ赤《か》にしながら、小鳥《おどり》の言《い》う通《とお》りに体《からだ》を動《うご》かしてる。

ちょっとはずかしそうだけど、すごく楽《たの》しそう。

「こんなに動《うご》いたら指揮《しき》できなくなっちゃうよ」

「じゃあ、これは？」

小鳥《おどり》のダンスってすごいな、みんなを踊《おど》りたくさせるんだもん。

わーわー言《い》い合《あ》うふたりがおかしくて、わたしはくすくす笑《わら》った。


「ふふふ、どうだ。うらめしや〜」

黒《くろ》い長《なが》い髪《かみ》のカツラをかぶった浩介《こうすけ》くんが、手《て》をだらっと前《まえ》に出《だ》して低《ひく》い声《こえ》で言《い》う。

わたしと友紀《ゆき》ちゃん、ほかのクラスメイトたちは、おおー！　って声《こえ》を上《あ》げた。

浩介《こうすけ》くん、本物《ほんもの》の幽霊《ゆうれい》みたい。

カツラは、わたしと友紀《ゆき》ちゃんの手《て》づくりなんだ。

黒《くろ》いビニールテープを一本一本《いっぽんいっぽん》細《ほそ》く裂《さ》いて作《つく》った。

これが意外《いがい》と時間《じかん》がかかって、休《やす》み時間《じかん》もひまさえあれば裂《さ》いていて、ようやく今日《きょう》できあがったとこ。

さっそく放課後《ほうかご》の準備《じゅんび》の時間《じかん》に、浩介《こうすけ》くんにかぶってもらった。

「いいじゃん」

「雰囲気《ふんいき》出《で》る～」

みんなにほめてもらって、わたしと友紀《ゆき》ちゃんは顔《かお》を見合《みあ》わせてにっこりした。

井戸《いど》も半分《はんぶん》くらいできたから準備《じゅんび》は順調《じゅんちょう》だ。

「よーし！　この調子《ちょうし》でじゃんじゃん準備《じゅんび》を進《すす》めるよ」

誰《だれ》かが言《い》って、またみんな自分《じぶん》の作業《さぎょう》に戻《もど》る。

「これで白《しろ》い着物《きもの》を着《き》れば完璧《かんぺき》だな。着物《きもの》はどうするんだっけ？」

浩介《こうすけ》くんに聞《き》かれてわたしは答《こた》える。

「白《しろ》い布《ぬの》で作《つく》るよ。そういえば田中先生《たなかせんせい》に買《か》ってきてもらうことになってたんだ。カツラもできたし、もらってこようかな」

「ねえ、子鹿《こじか》ちゃん。それお願《ねが》いできる？　わたし井戸《いど》をぬりはじめたい」

「いいよ」

わたしは友紀《ゆき》ちゃんの言葉《ことば》にうなずいて教室《きょうしつ》を出《で》る。

浩介《こうすけ》くんがカツラをかぶったまま追《お》いかけてきた。

「ひひひ、これで田中先生《たなかせんせい》を驚《おどろ》かしてやる」

「びっくりしたら成功《せいこう》だってことだよね」

すでに、すれ違《ちが》う子《こ》はみんなギョッとして浩介《こうすけ》くんを見《み》てる。

わたしはくすくす笑《わら》った。

一階《いっかい》まで下《お》りると、二年生《にねんせい》の教室《きょうしつ》から合唱《がっしょう》の歌声《うたごえ》が聞《き》こえてきた。

わたしと浩介《こうすけ》くんはなんとなく顔《かお》を見合《みあ》わせて、二年生《にねんせい》の教室《きょうしつ》へ行《い》く。こっそりのぞくと、思《おも》ったとおり合唱《がっしょう》の練習《れんしゅう》の真《ま》っ最中《さいちゅう》だった。

「虹《にじ》に向《む》かって〜羽《は》、ば、た、こー！」

みんな前《まえ》みたいに元気《げんき》な声《こえ》に戻《もど》ってる。それに。

「なんだ、みんな踊《おど》ってるじゃんか」

浩介《こうすけ》くんが拍子《ひょうし》抜《ぬ》けって感《かん》じで言《い》った。

浩介《こうすけ》くんの言《い》う通《とお》り、小鳥《おどり》以外《いがい》にもくるくる回《まわ》ったり、手《て》を広《ひろ》げてる子《こ》がチラホラ。

「どういうことだ？」

浩介《こうすけ》くんが首《くび》をかしげた。

わたしはふふふと笑《わら》って、小鳥《おどり》から聞《き》いていた話《はなし》をした。

「小鳥《おどり》以外《いがい》の子《こ》も、踊《おど》りたい子《こ》は好《す》きに体《からだ》を動《うご》かしながら歌《うた》っていいって、先生《せんせい》が言《い》ったんだって」

あやめちゃんも、足踏《あしぶ》みしながら指揮《しき》をしてる。

みんな楽《たの》しそう！

「すごくいいわ！　みんなよく声《こえ》が出《で》てるよ。じゃあいったん休憩《きゅうけい》にしましょうか」

先生《せんせい》が言《い》って、教室《きょうしつ》が騒《さわ》がしくなる。

小鳥《おどり》も踊《おど》りながら、列《れつ》から出《で》てきた。そこへ。

「ねぇねぇ、小鳥《おどり》ちゃん！　どうやったら小鳥《おどり》ちゃんみたいに上手《じょうず》にくるくる回《まわ》れるの？　わたしにも教《おし》えて！」

「わたし前《まえ》だから、小鳥《おどり》ちゃんの振《ふ》り付《つ》けが見《み》えないよ。今《いま》ちょっとやってみてよ。マネしてもいい？」

あっという間《ま》にクラスメイトに囲《かこ》まれた。

みんな小鳥《おどり》にダンスを教《おそ》わろうとしてるみたい。

その中《なか》にはあやめちゃんもいた。

「いいですよ！　くるくる回《まわ》るのは、何回《なんかい》もやると上手《じょうず》になります。練習《れんしゅう》の時《とき》だけじゃなくて、いつも回《まわ》ってください!!」

小鳥《おどり》もうれしそうに答《こた》えていた。

「歩《ある》く時《とき》、宿題《しゅくだい》をする時《とき》、ごはんの時《とき》……」

「ええー！　そんなのママに怒《おこ》られるよ〜！」

誰《だれ》かが答《こた》えてみんなであははと笑《わら》っている。

わたしと浩介《こうすけ》くんはその場《ば》を離《はな》れた。

職員室《しょくいんしつ》へ続《つづ》く渡《わた》り廊下《ろうか》を歩《ある》きながら、浩介《こうすけ》くんが首《くび》をかしげた。

「丸《まる》くおさまったのはよかったけど、意味不明《いみふめい》だよ。結局《けっきょく》、妹《いもうと》は踊《おど》るのをやめなかったのに問《もん》題《だい》にならなかった。杉山《すぎやま》のおばさんの時《とき》も、かかわらないように気《き》をつけるって話《はなし》だったのに、家《いえ》に呼《よ》んだらなにも言《い》われなくなったなんて。どういうことだ？」

わたしはグラウンドの向《む》こう、中学《ちゅうがく》のバスケットコートを見《み》た。

女子《じょし》バスケ部《ぶ》が練習《れんしゅう》をしてる。

何人《なんにん》かは後《うし》ろで固《かた》まっておしゃべりしながら休憩中《きゅうけいちゅう》。

トラは熱心《ねっしん》にシュート練習《れんしゅう》してるけど、前《まえ》みたいに目立《めだ》ってるって感《かん》じじゃなかった。彩《あや》花《か》って呼《よ》ばれていた子《こ》もトラと同《おな》じようにシュート練習《れんしゅう》してるから。

シュートが決《き》まると、ガッツポーズをしたトラとハイタッチをしていた。

トラの話《はなし》によると最近《さいきん》は彩花《あやか》ちゃんも一緒《いっしょ》に練習《れんしゅう》してるみたい。

「仲《なか》よしになったから……かな」

「え？」

「……あんまり仲《なか》よくない子《こ》だとさ、ちょっとあれ？　って思《おも》う行動《こうどう》があったら、知《し》らないから嫌《いや》な気持《きも》ちになっちゃうってことない？　だけど仲《なか》よしの相手《あいて》なら、まぁいいかって思《おも》うのかな」

わたしたちは琴音《ことね》ちゃん親子《おやこ》とも仲《なか》よくなった。

トラも小鳥《おどり》も周《まわ》りの子《こ》たちと仲《なか》よしになりつつある。だからやってることは今《いま》までと変《か》わらなくても、嫌《いや》な風《ふう》に取《と》られたりしないんだ。

「わたしだって野々山《ののやま》きょうだいの一員《いちいん》なのに、全然《ぜんぜん》目立《めだ》ってなかったのは、はじめから友紀《ゆき》ちゃんが仲《なか》よしになってくれたからじゃないかな？」

「そういうもんか？」

浩介《こうすけ》くんが答《こた》えた。

「まぁ、とにかくオレはこれで任務完了《にんむかんりょう》だな。父《とう》ちゃんと母《かあ》ちゃんから、野々山家《ののやまけ》に関《かん》する新《あたら》しいトラブルの情報《じょうほう》はないし、はるかぜ祭《さい》くらいには、野々山《ののやま》の母《かあ》ちゃんも帰《かえ》ってくるんだろ？」

「うん。なんとかなりそうで助《たす》かった。ありがとう浩介《こうすけ》くん」

「まぁ、泣《な》かしたおわびだからな」

浩介《こうすけ》くんがへへへと笑《わら》った。

# 8　しーちゃんはお祭《まつ》りぎらい？

畳《たたみ》の上《うえ》に散《ち》らばるたくさんのカラフルな服《ふく》を横目《よこめ》に、わたしは大《おお》きな白《しろ》い布《ぬの》を友紀《ゆき》ちゃんと一緒《いっしょ》にチクチクぬっている。

田中先生《たなかせんせい》に買《か》ってきてもらった幽霊《ゆうれい》の着物用《きものよう》の布《ぬの》だ。

おばけ屋敷《やしき》の準備《じゅんび》は順調《じゅんちょう》で、井戸《いど》はそろそろできあがりそう。

土曜日《どようび》の今日《きょう》は友紀《ゆき》ちゃんと一緒《いっしょ》に、幽霊《ゆうれい》の着物《きもの》をぬってるんだ。

となりの部屋《へや》ではうりと琴音《ことね》ちゃんがお教室《きょうしつ》の宿題《しゅくだい》をしてる。夕方《ゆうがた》にむかえが来《く》るまでは家《いえ》で遊《あそ》ぶことになっていた。


「カラフルです〜！」

小鳥《おどり》が服《ふく》の中《なか》でくるくると回《まわ》った。

このたくさんの服《ふく》は、琴音《ことね》ちゃんのママが持《も》ってきてくれたもの。

合唱《がっしょう》の時《とき》に着《き》る服《ふく》を作《つく》るためにもらったんだ。

先生《せんせい》が、せっかく踊《おど》るなら好《す》きな衣装《いしょう》を着《き》て派手《はで》に踊《おど》ろうって言《い》ったんだって。

この提案《ていあん》に、小鳥《おどり》は『ブラジルのカルニバルみたいです！』と大喜《おおよろこ》び。

もう張《は》り切《き》っちゃって、虹色《にじいろ》の鳥《とり》をイメージした衣装《いしょう》を作《つく》るんだっておおはしゃぎ。

たくさんの布《ぬの》の中《なか》で小鳥《おどり》はテンション上《あ》がっちゃってる。

「小鳥《おどり》、子鹿《こじか》たちが針《はり》を使《つか》ってるから、危《あぶ》ないよ」

しーちゃんに注意《ちゅうい》されてようやく止《と》まった。

「これだけたくさんあったら、いいものができそうだね。キラキラの飾《かざ》りがついたものも、レースもあるし。やっぱり琴音《ことね》ちゃんのママはお洋服《ようふく》のセンス、バツグンだね」

しーちゃんがたくさんの布《ぬの》を広《ひろ》げながら、うれしそうに言《い》った。

虹色《にじいろ》の鳥《とり》の衣装《いしょう》を作《つく》るって言《い》っても家《いえ》にそんな材料《ざいりょう》はない。そしたら琴音《ことね》ちゃんのママが琴《こと》音《ね》ちゃんが小《ちい》さいころに着《き》ていた服《ふく》をたくさんくれたんだ。

「こんなかわいい服《ふく》をこんなにたくさん買《か》ってくれるなんて。琴音《ことね》ちゃん最高《さいこう》だね」

となりの部屋《へや》の琴音《ことね》ちゃんは口《くち》をとがらせた。

「琴音《ことね》はヒラヒラしたスカートよりズボンの方《ほう》が好《す》き。だって動《うご》くのにジャマだし」

そしてプリントの問題《もんだい》を解《と》くうりをのぞきこんだ。

「だけどうりくんと結婚《けっこん》するなら、かわいい服《ふく》も着《き》なきゃってママが言《い》うの。ねえ、うりくん、本当《ほんとう》？」

「なっ！　ふ、服《ふく》なんてなんでもいいよ。だいたいボクは結婚《けっこん》するなんて言《い》ってないし」

うりが赤《あか》いほっぺをふくらませた。

「えーだって琴音《ことね》は決《き》めちゃったもん」

わたしと友紀《ゆき》ちゃんは目《め》を合《あ》わせてくすくす笑《わら》った。

うり、琴音《ことね》ちゃんにはこんな言《い》い方《かた》してるけど、本気《ほんき》で嫌《いや》なわけじゃないんだ。

今日《きょう》も琴音《ことね》ちゃんが来《く》るって聞《き》いて、昼《ひる》ごはんを食《た》べたあと「まだ来《こ》ないの？　いつ来《く》るの？」って何回《なんかい》も何回《なんかい》も聞《き》いてたし。

それなのにこんな言《い》い方《かた》しちゃって。

小鳥《おどり》があきれてため息《いき》をついた。

「本当《ほんとう》にうりは、すがおじゃないですねー」

その言葉《ことば》に、わたしと友紀《ゆき》ちゃんはぷっと噴《ふ》き出《だ》す。

「小鳥《おどり》……！　す、素直《すなお》だよ、素直《すなお》……！」

わたしが笑《わら》いながら訂正《ていせい》すると、小鳥《おどり》はペロッと舌《した》を出《だ》して頭《あたま》をかいた。

「あ、まちがいまちがい」

そして琴音《ことね》ちゃんを見《み》る。

「琴音《ことね》ちゃん、うりの言《い》うことは気《き》にしないでいいですよ。てるてるかくしなんですから」

わたしと友紀《ゆき》ちゃんがまた噴《ふ》き出《だ》しそうになっていると。

「照《て》れかくしだろ！　てるてるって坊主《ぼうず》かよっ！　てか、照《て》れかくしじゃないし」

ぷんぷんしてうりが言《い》う。

友紀《ゆき》ちゃんがケラケラと笑《わら》った。

「小鳥《おどり》ちゃん、絶好調《ぜっこうちょう》だね！」

たしかに！

この小鳥《おどり》の言《い》いまちがいを聞《き》くとなんか安心《あんしん》。

ちょっと前《まえ》に合唱《がっしょう》のことで元気《げんき》がなかった時《とき》は、この言《い》いまちがいもなかったから。

「ただいまー！」

玄関《げんかん》のドアがガラッと開《ひら》いて、トラが部活《ぶかつ》から帰《かえ》ってきた。

「ひぇっ！」

友紀《ゆき》ちゃんが声《こえ》を上《あ》げて赤《あか》くなった。

「あ！　うりくんのお姉《ねえ》ちゃんだ！」

琴音《ことね》ちゃんがぴょんと立《た》ち上《あ》がり玄関《げんかん》へかけだした。

「おかえりなさい！」

かばんを置《お》いて靴《くつ》をぬいだトラに飛《と》びついた。

「わっ！　っと、ただいま。勉強《べんきょう》は終《お》わった？」

トラが琴音《ことね》ちゃんを抱《だ》っこして聞《き》く。

「うん！　ねぇ、お姉《ねえ》ちゃん。遊《あそ》ぼ遊《あそ》ぼ！」

「いいよ、ちょっと待《ま》っててな。荷物置《にもつお》いてくる」

琴音《ことね》ちゃんを下《お》ろすトラに、しーちゃんが声《こえ》をかけた。

「ちょっと遅《おそ》かったんだね。公式戦《こうしきせん》は終《お》わったのに」

公式戦《こうしきせん》は先週《せんしゅう》だったから、今《いま》は自主練《じしゅれん》はしてないはず。平日《へいじつ》のうりのおむかえもトラがしてる。

「まあね、だけど彩花《あやか》が練習《れんしゅう》のあと1on1《ワンオンワン》につき合《あ》えって言《い》うからさ」

仕方《しかた》がないって感《かん》じで肩《かた》をすくめて言《い》うトラはちょっとうれしそうだ。

「公式戦《こうしきせん》、おつかれさまでした。すごい活躍《かつやく》だったって聞《き》きました！」

荷物《にもつ》を置《お》いてこっちの部屋《へや》へ来《き》たトラに、友紀《ゆき》ちゃんが声《こえ》をかけた。

「とくに二回戦《にかいせん》の後半始《こうはんはじ》まってすぐのスリーポイントシュートは、相手《あいて》チームの応援団《おうえんだん》からも『お〜！』って声《こえ》が聞《き》こえたって」

友紀《ゆき》ちゃんあいかわらず情報《じょうほう》が早《はや》い。しかも妹《いもうと》のわたしよりずっとくわしい。

公式戦《こうしきせん》は、はるかぜ町《ちょう》じゃなくて電車《でんしゃ》で三十分《さんじゅっぷん》かかる大《おお》きな町《まち》で開催《かいさい》されたから、わたしたちは観《み》にいけなかったのに。どこからそんな情報《じょうほう》を仕入《しい》れてくるんだろ？

「ありがとう。三回戦止《さんかいせんど》まりだったのが残念《ざんねん》だけど。来年《らいねん》は、もっと上《うえ》にいくよ。ちょっといい考《かんが》えがあってさ」

トラがニカッと笑《わら》って畳《たたみ》の上《うえ》にあぐらをかく。背中《せなか》に琴音《ことね》ちゃんがくっついた。

「いい考《かんが》えですか？」

「そう、はるかぜ祭《さい》って中学《ちゅうがく》ではクラスのほかに部活《ぶかつ》でも出《だ》し物《もの》をするだろ？　しかも小学生《しょうがくせい》もこっちの出《だ》し物《もの》を観《み》に来《く》る」

はるかぜ祭《さい》の日《ひ》は、小学校《しょうがっこう》と中学校《ちゅうがっこう》の間《あいだ》のフェンスのドアが開放《かいほう》される。

わたしたちも自分《じぶん》のクラスの出《だ》し物《もの》がない時間《じかん》に、中学校《ちゅうがっこう》の出《だ》し物《もの》を観《み》にいけるんだ。

中学校《ちゅうがっこう》の出《だ》し物《もの》は本格的《ほんかくてき》って話《はなし》だから、楽《たの》しみにしてる子《こ》も多《おお》いみたい。

「女《じょ》バスはさ、毎年《まいとし》ミニゲームなんだって。部員《ぶいん》とのシュート対決《たいけつ》、豪華景品《ごうかけいひん》あり！」

トラがピースサインを作《つく》った。

「で、六年生《ろくねんせい》で遊《あそ》びに来《き》てくれた子《こ》たちの中《なか》から、バスケの素質《そしつ》がありそうな子《こ》をチェックして、来年《らいねん》バスケ部《ぶ》に誘《さそ》うんだ。いいアイデアだと思《おも》わない？　友紀《ゆき》ちゃんもクラスメイトを連《つ》れて遊《あそ》びに来《き》てね」

「はひっ！　ぜっ絶対行《ぜったいい》きます！」

友紀《ゆき》ちゃんがちょっと大《おお》きな声《こえ》で答《こた》えた。

小学校《しょうがっこう》よりも少《すこ》し遅《おく》れて、中学校《ちゅうがっこう》の方《ほう》もはるかぜ祭《さい》の準備《じゅんび》が始《はじ》まったみたい。ワクワクしながらわたしはたずねる。

「トラとしーちゃんのクラスはなにをやるの？」

「あたしはあんまりよく知《し》らないんだ。クラスの出《だ》し物《もの》は部活《ぶかつ》をやってない子《こ》が中心《ちゅうしん》になってやることになってて」

トラが答《こた》えてしーちゃんを見《み》た。部活《ぶかつ》をやってないしーちゃんなら知《し》ってるかと思《おも》ったみたい。でも。

「まだ決《き》まってないみたいだね。ボクも放課後《ほうかご》の話《はな》し合《あ》いには出《で》ないから。よく知《し》らない」

肩《かた》をすくめて、しーちゃんは小鳥《おどり》の服作《ふくづく》りに戻《もど》る。

「小鳥《おどり》、まずベースを決《き》めないと。ワンピース型《がた》にするのか、上《うえ》の服《ふく》と下《した》の服《ふく》を分《わ》けるのか
……」

その姿《すがた》に、わたしの胸《むね》がコツンとなった。

しーちゃん、びっくりするくらいそっけなかった。はるかぜ祭《さい》なんか全然興味《ぜんぜんきょうみ》ないみたい。

小鳥《おどり》の衣装《いしょう》をにこにこで手伝《てつだ》ってくれるから、てっきり楽《たの》しみにしてると思《おも》ってたのに。

お祭《まつ》り当日《とうじつ》、中学《ちゅうがく》の出《だ》し物《もの》を観《み》にいく時《とき》は、トラとしーちゃんのクラスに行《い》くのを楽《たの》しみにしてたのに。

わたしはちょっとだけ、さみしい気持《きも》ちになった。

「獅音《しおん》、今日《きょう》の放課後《ほうかご》の話《はな》し合《あ》いには参加《さんか》しろよ」

中学校《ちゅうがっこう》で、はるかぜ祭《さい》の準備《じゅんび》が始《はじ》まったって知《し》って三日目《みっかめ》の朝《あさ》。

みんなで朝《あさ》ごはんを食《た》べてるところで、トラがしーちゃんに言《い》う。

しーちゃんがお箸《はし》を持《も》ったまま首《くび》をかしげた。

「どうして？　あれって出席《しゅっせき》は自由《じゆう》でしょ？　先生《せんせい》も放課後《ほうかご》の活動《かつどう》は自由参加《じゆうさんか》って言《い》ってたし」

「そうだけど、そんなんじゃいつまでもクラスの出《だ》し物《もの》が決《き》まらないだろ」

トラ、めずらしく不機嫌《ふきげん》だ。

話《はな》し合《あ》いって、この前言《まえい》ってたはるかぜ祭《さい》のこと？

「クラスの出《だ》し物《もの》が決《き》まらないのと、ボクが話《はな》し合《あ》いに出《で》ないのとどう関係《かんけい》があるの？　ボク、話《はな》し合《あ》いに出《で》たとしても意見《いけん》を言《い》うつもりはないけど……」

しーちゃん、自分《じぶん》のクラスのことなのにまったく関係《かんけい》ないって感《かん》じ。

「だけどさー、クラスの部活《ぶかつ》をやってないメンバーってちょっと少《すく》ないし、まとめる人《ひと》もいないから、いつまでも決《き》まらないいんだよ。人数《にんずう》も少《すく》ないから、獅音《しおん》にも参加《さんか》してほしいってクラスの女子《じょし》に頼《たの》まれたんだ」

「だけどボクは夜《よる》ごはんの準備《じゅんび》があるから早《はや》く家《いえ》に帰《かえ》らなきゃ」

やっぱりしーちゃんはどこかそっけない。わたしたちにはいつも優《やさ》しくしてくれるから、なんか意外《いがい》だな。

「でも、祭《まつり》の出《だ》し物《もの》は学校行事《がっこうぎょうじ》だろ！」

「だから授業中《じゅぎょうちゅう》の話《はな》し合《あ》いは出《で》てるじゃん」

言《い》い合《あ》うふたりに、わたしの胸《むね》はドキドキする。

小鳥《おどり》が朝《あさ》ごはんの焼《や》きノリをくわえたままつぶやいた。

「なんだかパリパリムードですね」

「ピリピリだろ。パリパリしてるのは今《いま》食《た》べてるそのノリだ」

うりがくっくと笑《わら》った。

思《おも》わず噴《ふ》き出《だ》しそうになって、わたしはそれをがまんする。

もー！　こんな時《とき》にまで、やめてよ小鳥《おどり》。

今《いま》、全然《ぜんぜん》笑《わら》っていい雰囲気《ふんいき》じゃないのに。

「あーもうっ！　とにかくあたしは言《い》ったからな！」

トラがイラだった声《こえ》を出《だ》して、ごはんをガツガツ食《た》べ出《だ》した。

「うん、聞《き》いたよ。だけど、どうするかはボクの自由《じゆう》だ」

しーちゃんは先《さき》にごちそうさまをする。食器《しょっき》をキッチンへ持《も》っていって、そのまま洗面所《せんめんじょ》に行《い》っちゃった。

ジャーっていう顔《かお》を洗《あら》う音《おと》が聞《き》こえたのを確認《かくにん》して、わたしは小声《こごえ》でトラに聞《き》いてみる。

「ねえ、トラ。しーちゃんは、お祭《まつ》りはあんまり好《す》きじゃないの？」

トラが、ガツガツ食《た》べるのをやめてわたしを見《み》た。

「好《す》きじゃないってことはないよ。……たぶん。イタリアの町《まち》のお祭《まつ》りでは、パパのお店《みせ》が出《しゅっ》店《てん》するんだけど、あたしと獅音《しおん》も手伝《てつだ》ってたし。ただ、なんていうか、多分学校《たぶんがっこう》でイベントをやるっていうのに、ピンと来《き》てないんだと思《おも》う。イタリアの学校《がっこう》ではそういうのなかったから」

そういえば、はじめてママからはるかぜ祭《さい》の話《はなし》を聞《き》いた時《とき》、ふたりはそんなことを言《い》ってたような。

「前《まえ》の学校《がっこう》は本当《ほんとう》に勉強《べんきょう》だけしに行《い》くって感《かん》じだったんだ。あたしは部活《ぶかつ》をやってるから、日本《にほん》の学校《がっこう》は勉強《べんきょう》だけじゃないってわかるけど。……まぁ、絶対《ぜったい》にやらないといけないことってわけでもないし、好《す》きにすればいいんだけど」

そう言《い》ってトラはごはんを全部食《ぜんぶた》べ終《お》えて、パンッと手《て》を合《あ》わせた。

「まぁ……そうだよね」

だけどちょっとだけ、さみしい気持《きも》ちになる。

だけどすぐにダメダメって自分《じぶん》に言《い》い聞《き》かせた。

わたしはお祭《まつ》りが好《す》きだから、しーちゃんも一緒《いっしょ》に楽《たの》しめたらいいなって考《かんが》えちゃうけど、
これはわたしの勝手《かって》な気持《きも》ち。

押《お》し付《つ》けちゃいけないよね……


「ねぇ、小鳥《おどり》、せっかくだからこうやって、袖《そで》も虹色《にじいろ》にしない？　こうやって布《ぬの》を一枚一枚《いちまいいちまい》重《かさ》ねれば、虹《にじ》みたいになるよ」

琴音《ことね》ちゃんの服《ふく》を広《ひろ》げながら、しーちゃんが小鳥《おどり》に提案《ていあん》する。

「オッ素敵《すてき》モ！　キレイです！　しますします！　そうします〜！」

小鳥《おどり》がうれしそうにぴょんぴょんはねた。

わたしはとなりでちくちく着物《きもの》をぬいながら、そんなふたりを見《み》ていた。

朝《あさ》、トラと話《はな》していた通《とお》り、しーちゃんは放課後《ほうかご》の話《はな》し合《あ》いに参加《さんか》しなかったみたい。今日《きょう》もいつも通《どお》りの時間《じかん》に帰《かえ》ってきて、夜《よる》ごはんを作《つく》ってくれた。

今《いま》は、部活《ぶかつ》の方《ほう》のお祭《まつ》りの準備《じゅんび》でちょっと遅《おそ》くなっているトラを待《ま》ってる。

となりの部屋《へや》でうりはスヤスヤお昼寝中《ひるねちゅう》。

最近《さいきん》は保育園《ほいくえん》でも琴音《ことね》ちゃんと遊《あそ》ぶことが増《ふ》えたから、体《からだ》を動《うご》かすんだって。つかれて寝《ね》ちゃってる。

「羽《はね》は背中《せなか》につける？　それとも腕《うで》？　くるくる回《まわ》ると動《うご》くようにしようか。小鳥《おどり》のダンス楽《たの》しみだな」

小鳥《おどり》と話《はな》すしーちゃんは、すごく楽《たの》しそう。

それがなんだか不思議《ふしぎ》だった。

しーちゃん、本当《ほんとう》にお祭《まつ》りは嫌《きら》いじゃないんだ。

ていうかむしろ、ちょっと楽《たの》しんでる……？

だったらきっとクラスの方《ほう》の出《だ》し物《もの》も楽《たの》しめると思《おも》うのに。

「ねえ、しーちゃん」

「ん？」

しーちゃんが手《て》を止《と》めてわたしを見《み》た。

「えーっと、わたしたちのごはんの準備《じゅんび》があると、やっぱり放課後《ほうかご》は早《はや》く帰《かえ》らなきゃって思《おも》う

「……？」

「え？」

しーちゃんが目《め》をぱちぱちしてわたしを見《み》る。しばらくしてにっこりした。

「朝《あさ》、トラとボクが話《はな》してたこと気《き》にしてる？」

わたしは気《き》まずい思《おも》いでうなずいた。

「うん、まぁ」

「やっぱり。だけど気《き》にしないで。これはきょうだいのためじゃなくて、ボクの問題《もんだい》だから」

「しーちゃんの……？」

わたしが首《くび》をかしげると、しーちゃんはうなずいた。

「うん、ボクにとっては、学校《がっこう》よりも家族《かぞく》の方《ほう》が大事《だいじ》なんだ。ただそれだけ」

そこでいったん口《くち》を閉《と》じて、しばらくなにかを考《かんが》える。そしてまた口《くち》を開《ひら》いた。

「前《まえ》にさ、トラに友達《ともだち》ができにくいって話《はなし》をしたよね。あれ、実《じっ》はボクも同《おな》じなんだ。ボクはこういうカッコしてるし、仕方《しかた》がないんだけど。小《ちい》さいころからボクのこと理解《りかい》してくれるのは、家族《かぞく》だけだった」

そう言《い》ってしーちゃんは、ちょっとだけさみしそうな表情《ひょうじょう》になった。

「日本《にほん》で一緒《いっしょ》にくらそうってママに誘《さそ》われた時《とき》、トラはバスケがしたいから日本《にほん》に行《い》きたいって言《い》ったんだ。ボクは、じゃあ一緒《いっしょ》に行《い》くって答《こた》えた。双子《ふたご》だから一緒《いっしょ》にいるべきだって言《い》ったけど、本当《ほんとう》は家族《かぞく》が増《ふ》えるってことに期待《きたい》してたんだ。ボクのこと理解《りかい》してくれる人《ひと》が増えるかもしれないって」

「しーちゃん……」

「思《おも》ったとおりだったよ。うりも小鳥《おどり》も全然《ぜんぜん》、ボクのこと悪《わる》く言《い》わないし。まぁふたりは小《ちい》さいからかもしれないけど。子鹿《こじか》もはじめからボクに優《やさ》しくしてくれたでしょ？」

「それは……！　しーちゃんの方《ほう》が先《さき》にわたしに優《やさ》しくしてくれたからだよ」

思《おも》わずわたしが声《こえ》を上《あ》げると、しーちゃんはふふふって笑《わら》った。

「ボクにとってはお祭《まつ》りより、きょうだいの夜《よる》ごはんを作《つく》る方《ほう》が大事《だいじ》なんだ。だから子鹿《こじか》は気《き》にしなくていいよ」

そう言《い》ってしーちゃんは、小《ちい》さな子《こ》にするみたいにわたしの頭《あたま》をポンポンって優《やさ》しくなでて、小鳥《おどり》を見《み》た。

「じゃあ、小鳥《おどり》。羽《はね》の形《かたち》を選《えら》ぼうか。そうだ、たしか羽《はね》っぽい服《ふく》が去年《きょねん》のパリのファッションショーに出《で》てたような……」

ママのスマートフォンを持《も》ってきて画像《がぞう》を検索《けんさく》してるしーちゃんを見《み》つめながら、わたしの胸《むね》がギュッとなった。

知《し》らなかった。

いつも笑顔《えがお》のしーちゃんがそんな気持《きも》ちだったなんて。

だからしーちゃんはわたしたちにこんなに優《やさ》しくしてくれるんだ。

小鳥《おどり》の鳥《とり》の服《ふく》を一生懸命《いっしょうけんめい》作《つく》るのも、ごはんを作《つく》るのも、わたしたちのことを大切《たいせつ》だって思《おも》ってくれているから。

今《いま》の話《はなし》も、本当《ほんとう》ならあまり言《い》いたくなかったはず。

それでも言《い》ってくれたのは、しーちゃんがお祭《まつ》りに参加《さんか》しないのはきょうだいのせいだって、わたしが気《き》にしないでいられるようにだよね。

しーちゃんがこんなに優《やさ》しい人《ひと》だって、みんなに知《し》ってもらいたい。

そしたら家族《かぞく》じゃなくても、しーちゃんのことをわかってくれる人《ひと》がきっとたくさんいるはずなのに……。

「わー！　この衣装《いしょう》、ブラジルのカルニバルみたいです！」

小鳥《おどり》がスマートフォンの画面《がめん》を見《み》て目《め》を輝《かがや》かせた。

「これはたしか去年《きょねん》のコレクションのドレスだったような……。ボクの好《す》きなデザイナーさんの新作《しんさく》で、色使《いろづか》いが最高《さいこう》なんだよね。たしか今年《ことし》のが、このフォルダにあったはず」

そう言《い》ってしーちゃんは、テンション高《たか》く画面《がめん》をスクロールした。

本当《ほんとう》にかわいいものが好《す》きなんだ。

「しーちゃん、ファッションショーの画像《がぞう》を集《あつ》めてるの？」

わたしが聞《き》くと、うれしそうに画面《がめん》を見《み》たままうなずいた。

「うん、気《き》に入《い》ったファッションショーの動画《どうが》とか服《ふく》とかの画像《がぞう》はここに保存《ほぞん》していいよってママから言《い》われてるから」

わたしと小鳥《おどり》にスマホの画面《がめん》を見《み》えるようにしてくれた。

「みんなキレイな服《ふく》！　だけど舞台《ぶたい》なのに歩《ある》いてるだけ？」

小鳥《おどり》が首《くび》をかしげた。

「これは新《あたら》しいデザインの服《ふく》を世界《せかい》に発表《はっぴょう》するためのショーなんだ。この人《ひと》たちはダンサーじゃなくてモデルなんだよ。服《ふく》をかっこよく見《み》せるために歩《ある》くプロ」

わたしと小鳥《おどり》はしーちゃんの説明《せつめい》を聞《き》きながら、ファッションショーの動画《どうが》を見《み》る。

しーちゃん、いつもこういうのを見《み》てるからセンスバツグンなんだ。

「あ、このモデルさん、ちょっとしーちゃんに似《に》てるね」

わたしが言《い》うと小鳥《おどり》が目《め》を輝《かがや》かせた。

「しーちゃん、大《おお》きくなったらモデルさんになる？」

しーちゃんが首《くび》を横《よこ》に振《ふ》った。

「ボクはモデルじゃなくて、デザイナーになりたいんだ。こういう服《ふく》を作《つく》る人《ひと》」

「わっ、ぴったり……！」

わたしが言《い》うとしーちゃんがにっこりと笑《わら》った。

「ふふふ、ありがとう」

「ねぇ、しーちゃん、小鳥《おどり》やっぱり羽《はね》は腕《うで》につけたいです。ダンスした時《とき》にふわふわ動《うご》くとキレイだから」

小鳥《おどり》がしーちゃんの服《ふく》を引《ひ》っぱった。

「たしかにダンスしながら歌《うた》うならその方《ほう》がいいね。三年前《さんねんまえ》のコレクションでそういうのがあったような」

そう言《い》ってしーちゃんはまた画面《がめん》をスクロールする。

その横顔《よこがお》を見《み》ていた時《とき》、わたしの胸《むね》がコツンと音《おと》を立《た》てた。

「ファッションショー……。そうだ、ファッションショー！」

声《こえ》を上《あ》げると、しーちゃんが首《くび》をかしげた。

「え？」

「しーちゃんのクラスの出《だ》し物《もの》だよ。ファッションショーなんてどう？　みんなで服《ふく》を作《つく》って、こんな風《ふう》に歩《ある》くの。しーちゃんのセンスバツグンだもん」

「ファッションショーをお祭《まつ》りで？　楽《たの》しそうだけど……でも学校《がっこう》の出《だ》し物《もの》でそんなの……あり？　それに完全《かんぜん》にボクの趣味《しゅみ》になっちゃうよ？」

「みんながそれぞれやりたいことを提案《ていあん》して話《はな》し合《あ》うんだもん。わたしのクラスはこわい話《はなし》が好《す》きな子《こ》がいてさ、その子《こ》がやりたいって言《い》ったからみんな賛成《さんせい》したんだよ」

小鳥《おどり》がぴょんと立《た》ち上《あ》がった。

「小鳥《おどり》のクラスも、みんな小鳥《おどり》みたいにダンスしようってなりました！」

「そういうものなんだ。ファッションショー……」

しーちゃんは思《おも》ってもみなかったって表情《ひょうじょう》で、わたしと小鳥《おどり》を交互《こうご》に見《み》る。そして、スマートフォンの画面《がめん》に視線《しせん》を落《お》とした。

「だけど今《いま》から間《ま》に合《あ》う……？　それに材料《ざいりょう》が……。そうだ！　小鳥《おどり》みたいに、着《き》られなくなった服《ふく》をリメイクすれば時間《じかん》も短縮《たんしゅく》できるし……」

真剣《しんけん》な目《め》で、画面《がめん》を見《み》てブツブツとつぶやきだした。

「持《も》ち時間《じかん》は三十分《さんじゅっぷん》だから。一着三分《いっちゃくさんぷん》としたら……。音楽《おんがく》と照明《しょうめい》もいるよね……」

もうわたしたちのことは見《み》えてないみたい。

「あのー、しーちゃん？」

問《と》いかけると、ハッとしてスマートフォンの画面《がめん》を閉《と》じる。

わたしたちに向《む》かってにっこりした。

「悪《わる》くない案《あん》かも。もしまだ決《き》まってないなら、言《い》ってみようかな。さ、小鳥《おどり》、今日中《きょうじゅう》にデザインを決《き》めちゃおうか」

早口《はやくち》でそう言《い》って、話題《わだい》を変《か》える。

そのあとはもう、その話《はなし》をしなかった。でも、なんだかちょっとうわの空《そら》で、テーブルに置《お》いたスマートフォンをチラチラと見《み》ていた。

## 9　デザイナーしーちゃん

十一月《じゅういちがつ》に入《はい》ると、学校《がっこう》ははるかぜ祭《さい》の準備一色《じゅんびいっしょく》になった。

授業《じゅぎょう》をしてても給食《きゅうしょく》を食《た》べてても、みんな少《すこ》しそわそわ。

わたしたちのおばけ屋敷《やしき》は、衣装《いしょう》もセットも小道具《こどうぐ》もほとんどできあがった。

今《いま》はおばけ役《やく》の子《こ》たちがお客《きゃく》さんを驚《おどろ》かす練習《れんしゅう》をしてる。

わたしと友紀《ゆき》ちゃんは受付《うけつけ》の係《かかり》だから、看板《かんばん》やチケットを作《つく》っていた。あとちょっとで完成《かんせい》だと思《おも》うと、毎日《まいにち》わくわくドキドキなんだ。

今日《きょう》も放課後《ほうかご》みんなで残《のこ》って準備中《じゅんびちゅう》。

ゴミ捨《す》てをしようと、わたしは校舎裏《こうしゃうら》のゴミ捨《す》て場《ば》に行《い》く。すると、中学校《ちゅうがっこう》との境目《さかいめ》のフェンスの向《む》こうから、しーちゃんの声《こえ》が聞《き》こえてきた。

「視線《しせん》はまっすぐ前《まえ》から外《はず》さないで、足元《あしもと》を見《み》ちゃダメ。背筋《せすじ》を伸《の》ばして」

五人《ごにん》の女《おんな》の子《こ》たちに向《む》かって、なにかを教《おし》えてる。

「下《した》に引《ひ》いた線《せん》の上《うえ》をまっすぐ歩《ある》く、スピードはこのくらい。あせらなくていいよ、ボクらの持《も》ち時間《じかん》はたっぷりあるから」

しーちゃんの話《はな》してる内容《ないよう》でわたしはピンとくる。ファッションショーでモデルとして歩《ある》く子《こ》たちに歩《ある》き方《かた》を教《おし》えてるんだ。

あの日《ひ》、わたしが提案《ていあん》したあと、しーちゃんはファッションショーをしようってクラスのみんなに言《い》ったみたい。

そしたらその案《あん》が見事採用《みごとさいよう》。トラとしーちゃんのクラスはファッションショーをすることになったんだって。

決《き》めるのがほかのクラスより遅《おそ》かったから大急《おおいそ》ぎで準備《じゅんび》してるみたい。だから最近《さいきん》しーちゃんの帰《かえ》りは遅《おそ》い。

『家族《かぞく》の方《ほう》が大事《だいじ》って言《い》ってたのにごめんね』

しーちゃんは申《もう》し訳《わけ》なさそうにしてるけど、わたしはうれしかった。

しーちゃんのファッションショー、楽《たの》しみだな。

「まっすぐ歩《ある》くだけだけど、意外《いがい》と難《むずか》しいんだね」

女《おんな》の子《こ》たちのうちのひとりが、自信《じしん》なさそうに言《い》った。

「獅音《しおん》、手本《てほん》を見《み》せてよ」

「いいよ、じゃあ見《み》てて」

そう言《い》ってしーちゃんは、土《つち》の上《うえ》に引《ひ》いた線《せん》の上《うえ》を足元《あしもと》を見《み》ないでまっすぐに歩《ある》く。

端《はし》まで行《い》って腰《こし》に手《て》を当《あ》ててポーズを取《と》る。そして、ターンしてまた線《せん》の上《うえ》を戻《もど》っていく。

しーちゃん、カッコいい！

ママのスマートフォンで見《み》た動画《どうが》のモデルさんみたい。

そういえばしーちゃん、ひとりで下校《げこう》してた時《とき》も背筋《せすじ》が伸《の》びててキレイだった。

女《おんな》の子《こ》たちも、しーちゃんに見《み》とれてる。

だけどますます自信《じしん》がなくなっちゃったみたい。

「獅音《しおん》みたいに、キレイに歩《ある》けないよ～」

「そもそもわたし、獅音《しおん》みたいにスタイルよくないし……」

「獅音《しおん》がモデルの方《ほう》がいいんじゃない？」

口々《くちぐち》に、弱気《よわき》なことを言《い》ってる。

「大丈夫《だいじょうぶ》」

しーちゃんがきっぱりと言《い》い切《き》った。

「どんな体型《たいけい》がいいかなんて、観《み》る人《ひと》が決《き》めることじゃないんだよ。服《ふく》を着《き》て歩《ある》く本人《ほんにん》がこれが最高《さいこう》なんだって思《おも》えればそれが一番《いちばん》キレイなんだ」

そう言《い》ってにっこり笑《わら》ってぐるりとみんなを見《み》た。

「みんなそのままでも十分《じゅうぶん》かわいいけど、今《いま》のボクの歩《ある》き方《かた》ならもっと舞台《ぶたい》で輝《かがや》けるはず。ボクはいくらでも練習《れんしゅう》に付《つ》き合《あ》うからがんばろ？」

その笑顔《えがお》に、女《おんな》の子《こ》たちのほっぺが赤《あか》くなる。顔《かお》を見合《みあ》わせてうなずいた。

「う、うん……が、がんばる」

そしてみんな、歩《ある》く練習《れんしゅう》を始《はじ》める。

しーちゃん、お祭《まつ》りの準備《じゅんび》に参加《さんか》してからクラスメイトと仲《なか》よくなれたんだ。

『獅音《しおん》』って呼《よ》ばれてる。

「じゃあ、ひとりずついこう」

しーちゃんがみんなに声《こえ》をかけたのを見《み》て、わたしはその場《ば》をそっと離《はな》れた。


ぐつぐつ沸《わ》かしたお湯《ゆ》にトラがレトルトのカレーをドボンと入《い》れると、お湯《ゆ》がはねる。

「あちっ！」

トラが声《こえ》を上《あ》げた。

「大丈夫《だいじょうぶ》⁉」

トラのとなりでサラダのレタスをちぎっていたわたしは問《と》いかけた。

「大丈夫《だいじょうぶ》、はー危《あぶ》なかった。よし、あとはごはんをお皿《さら》によそうだけだ」

ファッションショーの準備《じゅんび》で毎日遅《まいにちおそ》くなるしーちゃんに代《か》わって、最近《さいきん》は部活《ぶかつ》の方《ほう》の準備《じゅんび》が一段落《いちだんらく》したトラが夜《よる》ごはんを作《つく》ってくれる。

もちろんわたしも手伝《てつだ》ってる。

今日《きょう》のメニューはカレー。

しーちゃんみたいに手作《てづく》りはできないからレトルトのやつだ。

それにサラダを添《そ》えたらできあがり。

しーちゃんは遅《おそ》くなるから、わたしたちは先《さき》に食《た》べて待《ま》ってることにする。

「小鳥《おどり》、うり、ごはんだよ」

歌《うた》いながら踊《おど》ってる小鳥《おどり》と本《ほん》を読《よ》んでいるうりに声《こえ》をかけて、四人《よにん》でいただきますをする。

ひと口《くち》食《た》べて、うりが変《へん》な顔《かお》をした。

「これ、スパイスが入《はい》ってない……」

「あたりまえじゃんか、レトルトだもん」

トラが答《こた》えた。

スプーンを手《て》にしたまま、うりがほっぺをふくらませた。

「しーちゃんみたいにスパイス入《い》れてよ」

しーちゃんが作《つく》るカレーは、うりの好《この》みに合《あ》わせてスパイスを入《い》れてくれる。それをうりは気《き》に入《い》ってるんだ。

「はぁ？　そんなのできるわけないだろ？　スパイスったって何種類《なんしゅるい》かあったし、配合《はいごう》もわからないし。今日《きょう》はあきらめてそのまま食《た》べな」

「トラのケチ」

「なんだって!?」

ぎゃあぎゃあやり合《あ》うふたりの向《む》こうで、小鳥《おどり》がくるくる回《まわ》ってる。

「小鳥《おどり》、カレー食《た》べなよ。冷《さ》めちゃうよ」

わたしは声《こえ》をかけるけど、聞《き》こえていないみたいだった。

しーちゃんが言《い》うと、小鳥《おどり》も踊《おど》るのをやめて食《た》べるのに。

「小鳥《おどり》〜!」

もう一度《いちど》声《こえ》をかけるけど、効果《こうか》なしだった。

最近《さいきん》の夜《よる》ごはんはいつもこの調子《ちょうし》。

うりは、なにかと理由《りゆう》をつけてしーちゃんの料理《りょうり》がいいって言《い》うし、小鳥《おどり》は踊《おど》ってばかりで、なかなか食《た》べ終《お》わらないし……

しーちゃんがいないだけで、こんなに違《ちが》うんだ。

わたしがため息《いき》をついた時《とき》。

「ただいま〜!」

玄関《げんかん》のドアがガラガラ開《あ》いて、しーちゃんが帰《かえ》ってきた。

「早《はや》かったじゃん」

荷物《にもつ》を置《お》いてみんなのところへ来《き》たしーちゃんに、トラが言《い》った。

「おかえり、しーちゃん」

わたしはちょっとホッとする。

「だいたい仕上《しあ》がりが見《み》えてきたからね。あまりやりすぎても疲《つか》れるし。今日《きょう》は早《はや》く帰《かえ》ろうってことになったんだ」

そう言《い》ってしーちゃんはテーブルに並《なら》べられたカレーを見《み》た。

「あ、今日《きょう》はカレーなんだ」

「レトルトだけどな」

「いいじゃん、おいしそう。ボクもお腹《なか》すいたー」

「だけどうりがスパイスが入《はい》ってないってうるさくて」

トラがしーちゃんに助《たす》けを求《もと》める。

「スパイス？　あ、そっか」

しーちゃんが言《い》ってキッチンからスパイスの瓶《びん》をみっつ持《も》ってくる。そして真剣《しんけん》な表情《ひょうじょう》でうりのお皿《さら》に少《すこ》しずつかけた。

スプーンで混《ま》ぜて、うりはパクリ。ほっぺをゆるませた。

「おいしい」

さっきまでぐちぐち言《い》ってたのがうそみたいに、すごいスピードで食《た》べはじめた。

「小鳥《おどり》、踊《おど》ってないで食《た》べないと、カレーが冷《つめ》たくなっちゃうよ」

しーちゃんが声《こえ》をかけると、小鳥《おどり》はピタッと止《と》まって席《せき》についた。

わたしとトラは顔《かお》を見合《みあ》わせて肩《かた》をすくめた。

やっぱりしーちゃんの代《か》わりは誰《だれ》にもできないや。

「いろいろ任《まか》せちゃってごめんね。みんなもお祭《まつ》りの準備《じゅんび》で大変《たいへん》なのに」

キッチンで自分《じぶん》の分《ぶん》のカレーを準備《じゅんび》したしーちゃんがテーブルでみんなと一緒《いっしょ》に食《た》べながら言《い》った。

「あと一週間《いっしゅうかん》だもん、なんとかなるよ。それより準備間《じゅんびま》に合《あ》いそうでよかったね」

「うん、なんとかね。服《ふく》と舞台装置《ぶたいそうち》は間《ま》に合《あ》いそう。ただモデルの子《こ》たちが緊張《きんちょう》しないで歩《ある》けるかが心配《しんぱい》」

しーちゃんはそう言《い》ってチラリとトラを見《み》た。

「そこでトラにお願《ねが》いがあるんだけど」

「あん？」

トラがスプーンをくわえたまま答《こた》えた。

「舞台《ぶたい》でさ、モデルの子《こ》たちのエスコートをする役《やく》をやってくれない？」

「ええ？　なに言《い》ってんだ。モデルはひとりずつ歩《ある》くんだろ？」

トラが首《くび》をかしげる。

「そのつもりだったんだけど……。みんな歩《ある》き方《かた》はマスターして校舎裏《こうしゃうら》でなら完璧《かんぺき》なんだけど、体育館《たいいくかん》でリハしてみたらガタガタ震《ふる》えちゃって。やっぱり緊張《きんちょう》するみたい。だからエスコート役《やく》をひとり作《つく》ろうかなと思《おも》ってるんだ。ひとりよりふたりで歩《ある》く方《ほう》が緊張《きんちょう》しないかなーって」

「だからってなんであたしが。エスコートなら男子《だんし》に頼《たの》めよ。照明係《しょうめいがかり》は無理《むり》だけど、舞台係《ぶたいがかり》は当日《とうじつ》やることないだろ」

「だけど優《やさ》しく手《て》をつないでランウェイを歩《ある》く役《やく》だよ？　クラスの男子《だんし》はちょっと……。逆《ぎゃく》にぎこちなくなっちゃうよ」

「あたしだって嫌《いや》だよ」

トラが首《くび》を横《よこ》に振《ふ》った。

「お願《ねが》い！　エスコート役《やく》、トラがイメージにぴったりなんだよ。それにモデルの子《こ》たちもトラなら手《て》をつなぐのも大丈夫《だいじょうぶ》って言《い》ってるんだ」

「手《て》をつなぐのはな。だけどあたしは人前《ひとまえ》に出《で》るのは嫌《いや》だ！」

「こんなに頼《たの》んでるのに？」

「そうだって言《い》ってるじゃんか」

だんだん激《はげ》しい言《い》い合《あ》いになる。

わたしと小鳥《おどり》とうりは目《め》を丸《まる》くして見守《みまも》る。

「トラのケチ」

「そっちが無理《むり》なこと言《い》ってるんだろ！」

わたしがハラハラして見守《みまも》る中《なか》。

言《い》いたいことを言《い》い合《あ》って、ふたりはフンッてソッポを向《む》いた。

結局《けっきょく》、その日《ひ》はふたりとももう口《くち》を利《き》くことはなかった。

なんだか家《いえ》はパリパリ……じゃなくてピリピリムード。ハラハラしたまま、わたしはお布団《ふとん》にもぐりこんで目《め》を閉《と》じた。

もう夜《よる》はちょっと寒《さむ》いくらい。

昼間《ひるま》、お祭《まつ》りの準備《じゅんび》に大忙《おおいそが》しだから、目《め》を閉《と》じるとあっという間《ま》に寝《ね》てしまう。

だけど、夜中《よなか》にちょっと物音《ものおと》がした気《き》がして目《め》が覚《さ》めた。

目《め》をこすりながらそっと起《お》きて見回《みまわ》すと、障子《しょうじ》をはさんだ縁側《えんがわ》のところの灯《あか》りがついている。

しーちゃんの布団《ふとん》が空《から》だった。

となりで寝《ね》てるうりを起《お》こさないようにそっと布団《ふとん》を出《で》ると、予想《よそう》どおりしーちゃんが小鳥《おどり》の衣装《いしょう》をぬっていた。

「子鹿《こじか》、起《お》こしちゃった？　ごめん」

「ううん、しーちゃんこんなに夜遅《よるおそ》くまでやってるの？」

「最近家《さいきんいえ》であんまり時間《じかん》がとれないからさ。今《いま》できたとこなんだ。明日《あした》からは小鳥《おどり》、衣装《いしょう》を着《き》て練習《れんしゅう》に参加《さんか》できるよ」

衣装《いしょう》を広《ひろ》げてしーちゃんが満足《まんぞく》そうに笑《わら》った。

虹色《にじいろ》の鳥《とり》がテーマの小鳥《おどり》の衣装《いしょう》は、袖《そで》が羽《はね》みたいになっていて、たくさんの色《いろ》の布《ぬの》が何枚《なんまい》も重《かさ》なったフリルがついている。

カボチャ型《がた》のズボンのお尻《しり》のところにも、たくさんフリルがついていた。

わたしはため息《いき》をついた。

「かわいい……。きっと小鳥喜《おどりよろこ》ぶよ」

琴音《ことね》ちゃんの小《ちい》さいころの服《ふく》がこんな風《ふう》に生《う》まれかわるなんて魔法《まほう》みたい。

「しーちゃん、絶対《ぜったい》にデザイナーになれるよ。しーちゃんのクラスのファッションショーも楽《たの》しみ」

しーちゃんが照《て》れて笑《わら》った。

「ファッションショー、ずっと本物《ほんもの》を観《み》に行《い》きたい、出《で》てみたいって思《おも》ってたけど、まさかこんな形《かたち》で実現《じつげん》するとは思《おも》わなかったよ。勧《すす》めてくれてありがと、子鹿《こじか》。……だけどちょっと夢中《むちゅう》になりすぎちゃった。夜《よる》ごはんの時《とき》はごめんね」

しーちゃんが申《もう》し訳《わけ》なさそうにそう言《い》った。

「ランウェイを歩《ある》くなんて、トラが嫌《いや》がるのははじめからわかってたから、ダメもとで聞《き》いたんだけど、熱《あつ》くなっちゃった」

「わたしは大丈夫《だいじょうぶ》だけど……」

「ケンカのことなら大丈夫《だいじょうぶ》、ボクたち双子《ふたご》だから生《う》まれた時《とき》からずっと一緒《いっしょ》にいるし、ケンカはしょっちゅうなんだよ。明日《あした》、トラに謝《あやま》るよ。そしたらトラは許《ゆる》してくれる」

力強《ちからづよ》くしーちゃんは言《い》い切《き》った。

ふたりなら大丈夫《だいじょうぶ》って思《おも》うけど。

「エスコート役《やく》の話《はなし》は？　モデルの子《こ》たちは大丈夫《だいじょうぶ》そう？」

しーちゃんがふふふって意味《いみ》ありげに笑《わら》った。

「そっちもなんとかなりそうだよ。ちょっといい案《あん》が浮《う》かんだんだ。みんなに確認《かくにん》してからだけど、きっとうまくいく」

「えー、なに？　どうするの？」

「ふふふ、ないしょ。みんなをびっくりさせたいから」

「えー気《き》になる～」

そんな話《はなし》をしてたら、しーちゃんのクラスのファッションショーが、ますます楽《たの》しみになってきた。

はるかぜ祭《さい》まであと一週間《いっしゅうかん》……とそこでわたしはあることに思《おも》いあたる。

はるかぜ祭《さい》まであと少《すこ》し、ということは……

しーちゃんも同《おな》じことを思《おも》ったみたい。

ガラス戸《ど》の向《む》こうの夜空《よぞら》を見《み》た。

「ママ、間《ま》に合《あ》いそうにないね」

琴音《ことね》ちゃんのママと話《はなし》をした日以降《ひいこう》ママからの連絡《れんらく》はない。野生動物相手《やせいどうぶつあいて》の撮影《さつえい》は計画通《けいかくどお》りにいかないのがあたりまえ。仕方《しかた》がないけど、やっぱりちょっと残念《ざんねん》だった。

ママ、はるかぜ祭《さい》を楽《たの》しみにしてたから。

なにより一生懸命準備《いっしょうけんめいじゅんび》したおばけ屋敷《やしき》をママに見《み》てほしかった。

それに、そろそろママに会《あ》いたくなってきた。

「わたしたちがお祭《まつ》りをめいっぱい楽《たの》しんで、ママが帰《かえ》ってきたら、たくさんお話《はな》しすればいいよね」

わたしがそう言《い》うと、しーちゃんもちょっと残念《ざんねん》そうにしながらもにっこり笑《わら》った。

## 10　びっくりぎょうてん、はるかぜ祭《さい》

はるかぜ祭当日《さいとうじつ》は、雲《くも》ひとつない晴《は》れだった。

いつもより早《はや》く目《め》が覚《さ》めたわたしたちは、みんなでそろって朝《あさ》ごはんを食《た》べている。

「もう少《すこ》ししたら、寺中《てらなか》さんが来《き》てくれるから。そしたらうりもはるかぜ祭《さい》においで」

しーちゃんがパンをかじるうりに言《い》う。

「おばけ屋敷《やしき》にも来《き》てね。ちょっとこわいかもしれないけど」

わたしもウキウキして声《こえ》をかけた。

二カ月間《にかげつかん》、少《すこ》しずつ準備《じゅんび》を進《すす》めたおばけ屋敷《やしき》はついに完成《かんせい》した。おばけ役《やく》の子《こ》たちの練習《れんしゅう》も
バッチリなんだ。

「ボクおばけなんて非科学的《ひかがくてき》なものこわくないよ」

うりがすまして答《こた》えた。

「うりがこわいのは虫《むし》だけですからね〜」

そう言《い》う小鳥《おどり》は、しーちゃんに作《つく》ってもらった虹《にじ》の鳥《とり》の衣装《いしょう》を着《き》てる。

小鳥《おどり》は衣装《いしょう》をすっごく気《き》に入《い》った。合唱《がっしょう》はお昼《ひる》からだけど、この恰好《かっこう》で登校《とうこう》するんだって。

虹色《にじいろ》のフリルと、小鳥《おどり》のふわふわの髪《かみ》がすっごく似合《にあ》っていてかわいい。

「小鳥《おどり》、そのゴムどうしたの？」

わたしは小鳥《おどり》がつけているシュシュを見《み》て問《と》いかけた。

虹色《にじいろ》のシュシュ。今日《きょう》の衣装《いしょう》にぴったりだけど……しーちゃん、あんなシュシュ作《つく》ってたっけ？

「これですか？　あやめちゃんのママが作《つく》ってくれました！　あやめちゃんに指揮《しき》をしながらくるくる回《まわ》る練習《れんしゅう》を一緒《いっしょ》にやったお礼《れい》です」

「え！　あやめちゃん、指揮《しき》をしながら回《まわ》れるようになったんだ」

「はい！　上手《じょうず》に回《まわ》れるようになりました！　ああ……だけど、小鳥《おどり》の合唱《がっしょう》、ママにも観《み》てほしかったな」

そう言《い》ってしょんぼりする。

わたしとトラとしーちゃんは顔《かお》を見合《みあ》わせた。

やっぱりそうだよね。

「小鳥《おどり》、寺中《てらなか》さんが動画《どうが》に撮《と》ってくれるからさ」

わたしが小鳥《おどり》をなぐさめようとした、その時《とき》。

「たっだいまー!!」

元気《げんき》な声《こえ》が聞《き》こえて、玄関《げんかん》がガラッと勢《いきお》いよく開《ひら》く。みんな顔《かお》を見合《みあ》わせた。

この声《こえ》は……まさか！

「ママが帰《かえ》ってきましたよ～！」

やっぱり！　ママだ！

みんな朝《あさ》ごはんをおいて一目散《いちもくさん》に玄関《げんかん》へ向《む》かう。

出発《しゅっぱつ》した時《とき》よりも日焼《ひや》けして、すっごく服《ふく》がボロボロだけど、まちがいなくママだった。

「ママ！」

「ママ!!」

「ママ」

「ママ～！」

「ママッ!!」

わたしと小鳥《おどり》とうりは靴《くつ》もはかずに、玄関《げんかん》のママに飛《と》びついた。

トラとしーちゃんもニコニコして見《み》てる。

本物《ほんもの》のママだ。はるかぜ祭《さい》に間《ま》に合《あ》ったんだ！

「びっくりしたよ。またサプライズ？　心臓《しんぞう》に悪《わる》いじゃん」

ママにべったりくっついたまま、うりが文句《もんく》を言《い》った。

たしかにびっくり。もう間《ま》に合《あ》わないと思《おも》ったのに。

でもうれしい〜！

「あら？　今回《こんかい》はちゃんと連絡《れんらく》したわよ？　ギリギリになるけど間《ま》に合《あ》いそうって」

そう言《い》ってママはポケットからスマートフォンを取《と》り出《だ》して確認《かくにん》する。そしてペロッと舌《した》を出《だ》した。

「送信《そうしん》ボタンを押《お》すのを忘《わす》れてた」

「もー、あいかわらずなんだから……」

トラがガックリとした。

ママが、みんなの顔《かお》をひとりずつ確認《かくにん》するみたいにジーッと見《み》る。

「みんな元気《げんき》そうでよかったわ」

「カルニバルの準備《じゅんび》で大忙《おおいそが》しでした！」

小鳥《おどり》が報告《ほうこく》をした。

「そう。困《こま》ったことはなかった？」

ママがみんなに確認《かくにん》する。

わたし、トラ、しーちゃんは顔《かお》を見合《みあ》わせた。

困《こま》ったことは……なかったとは言《い》わないけど、全部結果《ぜんぶけっか》オーライって感《かん》じだよね。

「みんなで楽《たの》しく過《す》ごしてたよ」

わたしが言《い》うと、トラとしーちゃんがうなずいた。

「そうそう」

「まぁ、なんとかなったしね」

「あらそう。そういえばなんだかちょっとみんな、しっかりしたわね。お祭《まつ》りの準備《じゅんび》がんばったのね。楽《たの》しみだわ。うりちゃん、今日《きょう》は楽《たの》しみましょうね」

ママが言《い》って、うりを抱《だ》き上《あ》げた。

「ちょっとっ！　ちゃんってつけないでよ！　ボクもう赤《あか》ちゃんじゃないんだから」

うりがほっぺをふくらませて、みんな笑《わら》った。

いよいよ、はるかぜ祭《さい》が始《はじ》まった。

黒《くろ》いカーテンで窓《まど》をふさいだ教室《きょうしつ》から「きゃー！」っていう悲鳴《ひめい》が上《あ》がる。

「ふふふ、こわがってるこわがってる」

入口《いりぐち》でわたしと一緒《いっしょ》に受付《うけつけ》をしている友紀《ゆき》ちゃんがうれしそうに言《い》う。

「うまくいってるみたいだね」

わたしも笑《わら》って答《こた》えた。

一生懸命準備《いっしょうけんめいじゅんび》したかいがあって、わたしたちのおばけ屋敷《やしき》は予想以上《よそういじょう》に大盛況《だいせいきょう》。

廊下《ろうか》には順番待《じゅんばんま》ちのお客《きゃく》さんがずらりと並《なら》んでる。

「ねえ、わたしちょっとこわい」

「えー、わたしは楽《たの》しみ」

「もうすぐだね、ドキドキしてきた」

口々《くちぐち》に言《い》い合《あ》ってわくわくしながら待《ま》っている女《おんな》の子《こ》たち。

列《れつ》には小学生《しょうがくせい》だけじゃなくて、大人《おとな》や、うりくらいの子《こ》たちもいる。

招待《しょうたい》された町《まち》の人《ひと》たちだ。

「ねえ、すごくこわいですか？」

列《れつ》の一番前《いちばんまえ》に並《なら》んでる女《おんな》の子《こ》がちょっと不安《ふあん》そうにわたしに聞《き》いた。

「うん、こわいよ。だけど、こわすぎるのがダメなら、このお札《ふだ》を持《も》っていくこともできるよ。これを見《み》せたらおばけは追《お》いかけてこないから」

わたしが『おふだ』って書《か》いてある紙《かみ》を見《み》せると、女《おんな》の子《こ》はちょっとホッとして受《う》け取《と》る。

そして入口《いりぐち》から入《はい》っていった。

ドアを閉《し》めて、わたしはキョロキョロと周《まわ》りを見回《みまわ》す。

今日《きょう》ママは、寺中《てらなか》さんとうりと三人《さんにん》でお祭《まつ》りを回《まわ》ることになっている。

午前中《ごぜんちゅう》にわたしのおばけ屋敷《やしき》とトラのバスケ部《ぶ》のミニゲーム、午後一番《ごごいちばん》に小鳥《おどり》の合唱《がっしょう》、そしてフィナーレはしーちゃんのファッションショーだ。

わたしもおばけ屋敷《やしき》の係《かかり》は午前中《ごぜんちゅう》だから、午後《ごご》は友紀《ゆき》ちゃんと一緒《いっしょ》にお祭《まつ》りを見《み》て回《まわ》ることになっている。

そろそろママたち来《く》るかな？

廊下《ろうか》でお客《きゃく》さんたちを見回《みまわ》した時《とき》。

「わっすごい行列《ぎょうれつ》！　大成功《だいせいこう》じゃない！」

ガヤガヤする中《なか》、大《おお》きな明《あか》るい声《こえ》が聞《き》こえてくる。

ママだ！

階段《かいだん》を上《のぼ》ってきたところだった。

うりと寺中《てらなか》さんもいる。

「あ！　子鹿《こじか》がいるわ！」

ママが言《い》って三人《さんにん》は行列《ぎょうれつ》には並《なら》ばずに、まずわたしのところへやってくる。

「こんにちは、子鹿《こじか》ちゃん、友紀《ゆき》ちゃん。受付《うけつけ》、しっかりやってるのね。今日《きょう》は楽《たの》しみにしてきたのよ」

寺中《てらなか》さんがにっこり笑《わら》った。

「わぉ！　こわそう……。ママ実《じつ》はこわいのちょっと苦手《にがて》なのよね。どこからおばけが出《で》てくるか子鹿《こじか》、先《さき》に教《おし》えてくれるよね？」

ママが教室《きょうしつ》の窓《まど》に貼《は》ってあるおばけやお墓《はか》のイラストを見《み》てぶるっと震《ふる》えた。

わたしはふふって笑《わら》って首《くび》を横《よこ》に振《ふ》る。

「ダメ。それは入《はい》ってからのお楽《たの》しみ。お札《ふだ》もあるけど、渡《わた》していいのは子《こ》どもだけなんだ」

「ひゃー、きびしい！　だけど楽《たの》しみだわ〜。うりちゃんはどうする？　お札《ふだ》もらう？」

ママがうりに聞《き》くと、うりはほっぺをふくらませた。

「そんなのいらないよ、おばけなんて非科学的《ひかがくてき》なものボクは信《しん》じていないんだ」

つんとしてうりが言《い》う。

わたしのとなりで友紀《ゆき》ちゃんがくすくす笑《わら》った。

「うりくん、さすが」

「なつかしいわ、この雰囲気《ふんいき》。小学生《しょうがくせい》の時《とき》のこと思《おも》い出《だ》しちゃう」

「わたしもよ。この廊下《ろうか》を陽子《ようこ》ちゃんを追《お》いかけて走《はし》ってたことを思《おも》い出《だ》すわ」

ママと寺中《てらなか》さんが話《はな》しながら三人《さんにん》は列《れつ》に並《なら》んだ。

そして順番《じゅんばん》になり、入《はい》る前《まえ》に、わたしはもう一度《いちど》うりに確認《かくにん》する。

「本当《ほんとう》にお札《ふだ》なくていい？」

今《いま》の時間《じかん》のおばけ役《やく》は浩介《こうすけ》くん。もう張《は》り切《き》っちゃってて、お札《ふだ》のない人《ひと》は全力《ぜんりょく》でこわがらせるんだって言《い》ってたからちょっと心配《しんぱい》。

しっかりしてるように見《み》えても、うりはまだ保育園生《ほいくえんせい》だし。

「いらないって、ボク赤《あか》ちゃんじゃないんだから」

そう言《い》って、ママとうりと寺中《てらなか》さんは中《なか》に入《はい》っていった。

とたんに。

「きゃー！　やだやだやだ」

中《なか》から大《おお》きな悲鳴《ひめい》が聞《き》こえてくる。

十中八九《じゅうちゅうはっく》ママの声《こえ》だ。

「あれ、なに？　ねぇ、絶対《ぜったい》なにか出《で》てくるわ。うりちゃん先行《さきい》って！　ママを守《まも》って～！」

あまりにもこわがる声《こえ》が聞《き》こえるから廊下《ろうか》にいる人《ひと》たちはびっくりしてる。

くすくす笑《わら》ってる人《ひと》たちもいた。

「ここ？　おばけ屋敷《やしき》？　すごくこわいんだ」

「楽《たの》しそう！　入《はい》ってみようよ」

廊下《ろうか》を行《い》き交《か》う人《ひと》たちの興味《きょうみ》を引《ひ》いたみたい。行列《ぎょうれつ》がますます長《なが》くなった。

「いい宣伝《せんでん》になるね」

友紀《ゆき》ちゃんがくすくす笑《わら》った。

「もー、ママ声《こえ》が大《おお》きいんだから」

わたしはちょっとはずかしい。

いくらなんでもこわがりすぎだよ。

そのあともママのきゃーきゃーは続《つづ》いて、もうそろそろ出《で》てくるかなって時《とき》。

「ぎゃあ!!」

あきらかにママじゃない悲鳴《ひめい》が上《あ》がってバタバタと走《はし》る音《おと》がする。

出口《でぐち》からうりが飛《と》び出《だ》してきた。

「こ、子鹿《こじか》！」

そして、わたしのところへ来《き》てギュッと抱《だ》きついた。

「く、く、く、蜘蛛《くも》がいた！　蜘蛛《くも》がいたよ～！」

しまった、忘《わす》れてた！

ドラキュラゾーンにニセモノの蜘蛛《くも》を吊《つ》り下《さ》げているところがあったんだ！

「あんなのいるって聞《き》いてないよ～！」

「ごめんごめん、忘《わす》れてた。大丈夫《だいじょうぶ》、あれはニセモノだから」

「でもなんか動《うご》いてるように見《み》えた！　ボクにくっついてない？」

「くっついてないよ、大丈夫《だいじょうぶ》」

そんなやり取《と》りをしていると。

「うりくん、走《はし》ったら危《あぶ》ないよ」

「あーこわかった〜！」

ママと寺中《てらなか》さんが出《で》てきた。

「ママ、悲鳴《ひめい》が廊下《ろうか》に響《ひび》き渡《わた》ってたよ」

ママはまだ興奮《こうふん》が冷《さ》めてないって感《かん》じで答《こた》えた。

「だって本当《ほんとう》にこわかったんだもん。とくにあの井戸《いど》から出《で》てくる幽霊《ゆうれい》！　井戸《いど》が本物《ほんもの》っぽくてドキドキしたわ。だけど飾《かざ》りだと思《おも》ってたら、中《なか》から出《で》てきたんだもん！」

ママたちは行列《ぎょうれつ》の人《ひと》たちに「こわかったですよ〜！」って言《い》いながら、去《さ》っていった。

今《いま》からトラのところへ行《い》くんだって。

わたしと友紀《ゆき》ちゃんは顔《かお》を見合《みあ》わせてにっこり。

わたしたちが一番《いちばん》こだわった井戸《いど》から出《で》てくるおばけ、大成功《だいせいこう》だったんだ。

「やったね！」

「最高《さいこう》！」

ハイタッチをした。

お昼《ひる》ごはんを食《た》べたあとの午後《ごご》は自由時間《じゆうじかん》。わたしはさっそく、友紀《ゆき》ちゃんと体育館《たいいくかん》へ向《む》かった。

午後一番《ごごいちばん》のプログラムは、小鳥《おどり》のクラスの合唱《がっしょう》。

わたしたちが着《つ》いた時《とき》にはすでに体育館《たいいくかん》にたくさんの人《ひと》たちがいた。

「こーすけのママの話《はなし》では、町《まち》でも結構話題《けっこうわだい》になってたみたい。毎年二年生《まいとしにねんせい》は合唱《がっしょう》だけど、どうやら今年《ことし》はちょっと違《ちが》うぞって。で、家族《かぞく》じゃない人《ひと》たちも観《み》に来《き》てるんじゃないかな」

わたしたちは、なるべく前《まえ》の方《ほう》の席《せき》を探《さが》して座《すわ》る。

ママたち以外《いがい》に、トラとしーちゃんもこの時間《じかん》は自分《じぶん》たちの出《だ》し物《もの》の係《かかり》をぬけて観《み》に来《く》るって言《い》ってたけど。

うーん、人《ひと》が多《おお》すぎて、どこにいるかわからないや。

しばらくするとブーっていうブザーが鳴《な》る。

二年生《にねんせい》が舞台《ぶたい》の袖《そで》から入《はい》ってきた。

とたんにどっと笑《わら》いが起《お》こる。

色《いろ》とりどりの派手《はで》な衣装《いしょう》を着《き》てる二年生《にねんせい》が踊《おど》りながら入《はい》ってきたからだ。

まだ音楽《おんがく》も鳴《な》ってないのに、すでにノリノリだ。

えーっと小鳥《おどり》は、いた！

しーちゃんが作《つく》ってくれた虹色《にじいろ》の鳥《とり》の衣装《いしょう》を着《き》てくるくる回《まわ》りながら入《はい》ってくる。

「やっぱり、小鳥《おどり》ちゃんのダンスはちょっと違《ちが》うね」

友紀《ゆき》ちゃんがくすくす笑《わら》った。

「ふだんから踊《おど》ってるからね」

ちょっとあきれてわたしが答《こた》えた時《とき》。

「ねえ、見《み》てあの虹《にじ》の子《こ》」

「え？　どれ？」

後《うし》ろの席《せき》の人《ひと》がとなりの人《ひと》にささやくのが聞《き》こえて、わたしはさりげなく後《うし》ろを見《み》る。中学《ちゅうがく》生《せい》だ。

虹《にじ》の子《こ》ってきっと小鳥《おどり》のことだよね。

小鳥《おどり》のことをヒソヒソ言《い》ってたクラスメイトが頭《あたま》に浮《う》かんだ。

「あのお尻《しり》フリフリしてる子《こ》。すっごくかわいい！」

「ほんとだ～！　なんか動《うご》きがほかの子《こ》とは違《ちが》うね」

ホッとしたと同時《どうじ》に、うれしい気持《きも》ちがこみ上《あ》げる。

わたしの妹《いもうと》なんだよって自慢《じまん》したい気持《きも》ちだ。

みんながずらりと並《なら》ぶと、最後《さいご》に出《で》てきたのは指揮者《しきしゃ》のあやめちゃん。今日《きょう》は三《み》つ編《あ》みじゃなくて、ツインテールにしてる。

小鳥《おどり》とおそろいのシュシュをつけていた。

あやめちゃんが、ピアノに向《む》かって指揮棒《しきぼう》を振《ふ》り上《あ》げると。

ズンチャズンチャ。

リズミカルな前奏《ぜんそう》が始《はじ》まる。

さっそくみんな思《おも》い思《おも》いのステップを踏《ふ》みはじめる。

「青《あお》い〜空《そら》に〜」

大《おお》きな声《こえ》が体育館《たいいくかん》に響《ひび》いた。

みんな思《おも》い思《おも》いに体《からだ》を動《うご》かしはじめる。

両腕《りょううで》を上《あ》げて揺《ゆ》れている子《こ》。

回《まわ》っている子《こ》。

ステップを踏《ふ》んでいる子《こ》もいる。

なんか自由《じゆう》って感《かん》じ。

小鳥《おどり》も体全体《からだぜんたい》で楽《たの》しんで歌《うた》ってる。

観《み》てるだけで、こっちまで踊《おど》りたくなっちゃう！

会場《かいじょう》からはいつの間《ま》にか手拍子《てびょうし》が起《お》こる。

「虹《にじ》に向《む》かってー、羽《は》、ば、た、こ～！」

ジャン！

ピアノの音《おと》と同時《どうじ》に、みんながポーズをとる。

「ブッラボ～！」

前《まえ》の方《ほう》で誰《だれ》かが大《おお》きなかけ声《ごえ》をして立《た》ち上《あ》がり、拍手《はくしゅ》をした。

ママだ！

とたんに、会場中《かいじょうじゅう》のお客《きゃく》さんが、ママと同《おな》じように立《た》ち上《あ》がり、盛大《せいだい》な拍手《はくしゅ》を贈《おく》る。

舞台《ぶたい》の子《こ》たちはうれしそうに、ピョンピョンはねたり手《て》を振《ふ》ったりしてる。

「大成功《だいせいこう》だね！」

「うん！」

小鳥《おどり》の合唱《がっしょう》、どうなる？　って思《おも》ったけど、大成功《だいせいこう》でよかった。

「やっぱりあの虹《にじ》の子《こ》、すっごくダンスがかわいかったね」

「ね、なんか観《み》てると楽《たの》しい気持《きも》ちになる。もう一回観《いっかいみ》たいくらい」

後《うし》ろの席《せき》の子《こ》たちの会話《かいわ》が聞《き》こえて、うれしい気持《きも》ちでいっぱいになった。

小鳥《おどり》の踊《おど》り、みんなに好《す》きになってもらえたんだ。

すごいよ、小鳥《おどり》。

ダンスで誰《だれ》かを楽《たの》しい気持《きも》ちにさせてる。もう立派《りっぱ》なダンサーだよ！

小鳥《おどり》はママに向《む》かってうれしそうにブンブンと手《て》を振《ふ》っている。

そしてわたしも見《み》つけたみたい。

「子鹿《こじか》！」

太陽《たいよう》みたいな笑顔《えがお》になってぴょんぴょんとはねた。

小鳥《おどり》の合唱《がっしょう》が終《お》わって次《つぎ》にわたしたちが向《む》かったのは中学校《ちゅうがっこう》のグラウンド。

トラのバスケ部主催《ぶしゅさい》のミニゲームコーナーだ。

友紀《ゆき》ちゃんが絶対《ぜったい》に行《い》きたいって言《い》ったんだ。トラに誘《さそ》われてから、ずっと楽《たの》しみにしてたんだって。

もちろんわたしも楽《たの》しみにしてる。

だけどちょっとだけ不安《ふあん》なんだ。

バスケ部主催《ぶしゅさい》ってことは、バスケ部《ぶ》のみんなとトラが一緒《いっしょ》にいるってことだから。

「あ！　見《み》て、子鹿《こじか》ちゃん！　バスケットコートすごい行列《ぎょうれつ》ができてるよ」

中学校《ちゅうがっこう》と小学校《しょうがっこう》の間《あいだ》のフェンスのドアをくぐると、友紀《ゆき》ちゃんが声《こえ》を上《あ》げる。

「本当《ほんとう》、すごい人気《にんき》〜」

並《なら》んでるのは、ほとんどが小学生《しょうがくせい》。保育園《ほいくえん》の子《こ》たちもいる。

バスケットゴールはふたつあって、ひとつはちょっと低《ひく》くて、もうひとつは普通《ふつう》の高《たか》さ。

お客《きゃく》さんは低《ひく》い方《ほう》にシュートして、本物《ほんもの》のゴールにシュートする部員《ぶいん》と得点《とくてん》を競《きそ》うみたい。

シュートしてるのは、トラとスタメンだった二年生《にねんせい》だ。

ほかの子《こ》たちは受付《うけつけ》をしたり、景品《けいひん》を渡《わた》したりしてる。

景品《けいひん》はキラキラのビーズでできた手作《てづく》りアクセサリーだ。たくさんかざってあって、小《ちい》さい子《こ》たちがわくわくして見《み》ていた。

「負《ま》けてもひとつもらえまーす！」

「勝《か》ったらみっつもらえますよー！」

景品目当《けいひんめあ》ての子《こ》たちも多《おお》いみたいだけど、ゲームも結構盛《けっこうも》り上《あ》がってる。

お客《きゃく》さんがシュートして、次《つぎ》にトラがシュートする。スポッときれいに決《き》まるたびに歓声《かんせい》が上《あ》がる。

「あんなに遠《とお》くから！　すごいね～」

「あのお姉《ねえ》ちゃんカッコいい～！」

やっぱりトラってすごいな。

このシュートの成功率《せいこうりつ》も練習《れんしゅう》のたまものだよね。

「ちょっと、トラ！　少《すこ》しは手加減《てかげん》してよ！　そんなに本気《ほんき》にならないで」

お客《きゃく》さんに景品《けいひん》を渡《わた》す係《かかり》の子《こ》が、ボールを持《も》つトラに言《い》う。練習試合《れんしゅうじあい》の日《ひ》にトラと言《い》い合《あ》ってた由美《ゆみ》って子《こ》だ。

ちょっときつい言《い》い方《かた》にわたしは一瞬《いっしゅん》ドキッとするけど……でも。

あれ？　『トラ』って呼《よ》ばれてる……？

「彩花《あやか》もなんとか言《い》ってよ」

その子《こ》が受付《うけつけ》をしてる彩花《あやか》って子《こ》に言《い》うと、彩花《あやか》ちゃんは肩《かた》をすくめた。

「トラにはなにを言《い》っても無駄《むだ》だよ。いつも本気《ほんき》なんだもん」

トラが由美《ゆみ》ちゃんに向《む》かってニカッと笑《わら》った。

「由美《ゆみ》たちが作《つく》った景品《けいひん》めっちゃ人気《にんき》だから、すぐになくならないようにあたしががんばってんだけど。なるべくたくさんの子《こ》にもらってもらいたいじゃん」

由美《ゆみ》ちゃんが目《め》をパチパチさせて、ちょっと赤《あか》くなった。

「ま、まぁそれは、ありがたいんだけど。負《ま》けてもひとつはもらえるし、ゲームは何回《なんかい》でもできるから。その方《ほう》がバスケやりたいって子《こ》、増《ふ》えるかもしれないし……」

「だろ？」

トラがニカッと笑《わら》う。そこでわたしたちに気《き》がついた。

「子鹿《こじか》！　友紀《ゆき》ちゃん。来《き》てくれたんだ」

「はひっ！　が、がんばりますっ！」

友紀《ゆき》ちゃんが答《こた》えた。

長《なが》い列《れつ》の後《うし》ろに並《なら》び、ようやくわたしたちの番《ばん》になる。

わたしはトラの先輩《せんぱい》と、友紀《ゆき》ちゃんはトラと対決《たいけつ》することになった。

「野々山《ののやま》さんの妹《いもうと》？　へぇ、期待大《きたいだい》だね！」

先輩《せんぱい》の言葉《ことば》に、トラが答《こた》えた。

「妹《いもうと》はバスケ初心者《しょしんしゃ》ですから、お手《て》やわらかにお願《ねが》いします」

うう……プレッシャー……正直《しょうじき》言《い》って、全然《ぜんぜん》自信《じしん》ない。

お互《たが》いに五本《ごほん》ずつシュートして得点《とくてん》を競《きそ》うんだけど。

案《あん》の定《じょう》わたしはゼロ点《てん》、先輩《せんぱい》は三点《さんてん》だった。

トラがあーあって感《かん》じの顔《かお》になった。

「子鹿《こじか》……」

「わたしは運動《うんどう》は苦手《にがて》なの」

ほっぺをふくらませて言《い》い返《かえ》した。

友紀《ゆき》ちゃんが一緒《いっしょ》じゃなきゃ、見《み》るだけでチャレンジしなかったよ～。

「あはは、またチャレンジしてね～」

先輩《せんぱい》が明《あか》るく言《い》ってわたしはコートを出《で》る。

次《つぎ》は友紀《ゆき》ちゃんの番《ばん》だ。

友紀《ゆき》ちゃん、ちょっと緊張《きんちょう》してるみたいだけど、真剣《しんけん》な顔《かお》でシュートする。

結果《けっか》は五本中《ごほんちゅう》……なんと四本《よんほん》！

「友紀《ゆき》ちゃん、すっごーい！」

わたしが声《こえ》を上《あ》げると、待《ま》ってる人《ひと》たちからも拍手《はくしゅ》が湧《わ》き起《お》こった。

「やるじゃん！　おーし、負《ま》けないよ！」

トラが言《い》ってシュートする。

ボールはキレイな弧《こ》を描《えが》く。三本目《さんほんめ》までスポンとゴールに入《はい》る。

けど四本目《よんほんめ》は、枠《わく》に当《あ》たって外《はず》れた。

最後《さいご》の一本《いっぽん》も……枠《わく》に当《あ》たってぐるぐる回《まわ》る。ギリギリのところで外《はず》れた。

「あ、しまった！」

トラが悔《くや》しそうにつぶやくと、バスケ部《ぶ》のメンバーから、おおっ！　っていう声《こえ》が上《あ》がった。

「野々山《ののやま》さんに、勝《か》ったの？」

「はじめてじゃない？」

その結果《けっか》に、友紀《ゆき》ちゃんは自分《じぶん》でもびっくりって感《かん》じで周《まわ》りを見回《みまわ》していた。

「友紀《ゆき》ちゃんすごい！」

低《ひく》くしてあるゴールとはいえ、バスケットボールって想像《そうぞう》してたよりずっと重《おも》いし、わたしなんかゴールにかすりもしなかったのに。

「こ、子鹿《こじか》ちゃん……！　わたし、自分《じぶん》でもびっくりだよ」

その友紀《ゆき》ちゃんの肩《かた》をトラが抱《だ》いた。

「こういうの灯台下暗《とうだいもとくら》しって言《い》うのかな？　こんなに近《ちか》くに将来《しょうらい》のエース候補《こうほ》がいたとは。再《さ》来年《らいねん》、待《ま》ってるよ！」

ニカッと笑《わら》ってそう言《い》うトラに、友紀《ゆき》ちゃんは「はひっ！」と声《こえ》を上《あ》げて真《ま》っ赤《か》になった。


しーちゃんのファッションショーは中学校《ちゅうがっこう》のプログラムの最後《さいご》だった。

トラのゲームのあと、中学《ちゅうがく》のほかのクラスの展示《てんじ》やイベントを見《み》て回《まわ》ったわたしと友紀《ゆき》ちゃんが体育館《たいいくかん》へ行《い》くと、小学生《しょうがくせい》、中学生《ちゅうがくせい》、みんなのパパママ、町《まち》の人《ひと》たちでいっぱいだった。

「子鹿《こじか》！　こっちこっち！」

大《おお》きな声《こえ》で呼《よ》ばれて見回《みまわ》すと、ランウェイに近《ちか》い席《せき》にママたちがいた。友紀《ゆき》ちゃんのママも一緒《いっしょ》だ。

わたしたちはママたちのところで一緒《いっしょ》に観《み》ることにする。

「ママ！　見《み》て！　虎音《とおん》さまのゲームでもらったんだ」

友紀《ゆき》ちゃんが腕《うで》につけたみっつのブレスレットを見《み》せた。

「わ！　かわいい」

友紀《ゆき》ちゃんのママがにっこりした。

「友紀《ゆき》ゲームに勝《か》ったんだよ！」

「友紀《ゆき》ちゃん、トラに勝《か》ったんです！　わたしは負《ま》けたからひとつ」

わたしがそう言《い》って友紀《ゆき》ちゃんのママに自分《じぶん》のブレスレットを見《み》せた。

「友紀《ゆき》、すごいじゃない。練習《れんしゅう》の成果《せいか》ね」

友紀《ゆき》ちゃんが恥《は》ずかしそうにえへへと笑《わら》った。

「練習《れんしゅう》？」

わたしが首《くび》をかしげると、友紀《ゆき》ちゃんが照《て》れくさそうに言《い》う。

「ちょっと前《まえ》にパパにボールと組《く》み立《た》てて使《つか》うバスケットゴールを買《か》ってもらったんだ。で、庭《にわ》で時々練習《ときどきれんしゅう》してたの」

「え？　そうなんだ」

「うん、虎音《とおん》さまのバスケの試合《しあい》を観《み》ていたら、わたしもやってみたいなーって。だけど、すっごくへたっぴだから、虎音《とおん》さまに知《し》られるのがはずかしくて。子鹿《こじか》ちゃんにもないしょにしてて……ごめんね」

「ううん、気《き》にしないで。だからあんなにシュートが決《き》まってたんだ」

友紀《ゆき》ちゃんがまたえへへって笑《わら》った。

すっごくびっくりだけど、友紀《ゆき》ちゃんバスケのことよく知《し》ってたし、なんか納得《なっとく》。

そこでブザーがブーって鳴《な》る。

体育館《たいいくかん》のカーテンが閉《し》まって薄暗《うすぐら》くなった。

いよいよだ！

「きゃーわくわくする。しーちゃんきっとかわいいわよ〜」

「ママ、しーちゃんは総合《そうごう》プロデュースだってば。朝言《あさい》ってたじゃん」

ママとうりの会話《かいわ》を聞《き》きながら、わたしの胸《むね》はドキドキしてくる。

いよいよだ。しーちゃんが本気《ほんき》を出《だ》したファッションショー。

モデルの女《おんな》の子《こ》たちが堂々《どうどう》とランウェイを歩《ある》けるようにいい考《かんが》えがあるって言《い》ってたけど、
あれはどうなったんだろう。

会場《かいじょう》が暗《くら》くなると、ダンダンダンッて、カッコいい音楽《おんがく》が鳴《な》りだす。

右上《みぎうえ》のスポットライトがパッとついて、ぐるぐると回《まわ》り出《だ》す。

わっ！　っていう歓声《かんせい》が上《あ》がった。

次《つぎ》に、左上《ひだりうえ》のスポットライトがパッとついてぐるぐると回《まわ》り出《だ》す。

文化祭《ぶんかさい》の出《だ》し物《もの》とは思《おも》えないくらいカッコいい雰囲気《ふんいき》に、わぁって声《こえ》がさらに大《おお》きくなる。

そこでランウェイが明《あか》るくなった。

舞台《ぶたい》の右《みぎ》から黒《くろ》いスーツを着《き》た男《おとこ》の子《こ》が現《あらわ》れた。

少《すこ》し長《なが》い茶色《ちゃいろ》の髪《かみ》を後《うし》ろでまとめているカッコいい子《こ》だ。スラリとしたスタイルのその子《こ》は堂々《どうどう》と歩《ある》いて舞台《ぶたい》の真《ま》ん中《なか》までやってくる。

背筋《せすじ》がピンと伸《の》びていて、なんかすごいオーラ……

「あの子《こ》だれ？　カッコよくない？」

「ほんとだ、カッコいい。でもあんな子《こ》一年生《いちねんせい》にいた？」

わたしの後《うし》ろの席《せき》の子《こ》たちが言《い》い合《あ》った。

わたしは首《くび》をかしげて考《かんが》える。

わたしは、家族以外《かぞくいがい》に中学生《ちゅうがくせい》で知《し》ってる子《こ》はいないから、あの子《こ》は知《し》らない人《ひと》のはず。

でもなんだかすごーく見覚《みおぼ》えがあるような。ちょっとトラに似《に》てる気《き》がするけど、トラは舞《ぶ》台《たい》には立《た》たないって言《い》ってたし……

わたしが首《くび》をかしげていると。
「しーちゃんね」
ママがつぶやいた。
え？　しーちゃん？
そう言《い》われて、あらためて男《おとこ》の子《こ》を見《み》ると本当《ほんとう》にそうだった。
しーちゃんだ！
いつもは下《お》ろしてさらさらさせている髪《かみ》を今日《きょう》は後《うし》ろでまとめている。
それだけでもいつもと違《ちが》うのに、今日《きょう》はスーツも着《き》ていた。
どこからどう見《み》ても男《おとこ》の子《こ》！
ていうかどうしてしーちゃんが舞台《ぶたい》に上《あ》がってるの？
モデルはやらないって言《い》ってたのに……
「エスコート、トラに断《ことわ》られたから、自分《じぶん》がやることにしたんだな」
うりがつぶやいた。
そういうことか！
しーちゃんがモデルの子《こ》たちのエスコート役《やく》なんだ。

舞台《ぶたい》の真《ま》ん中《なか》からしーちゃんが合図《あいず》すると、左《ひだり》からカラフルなドレスを着《き》たモデル役《やく》の子《こ》が出《で》てくる。

会場《かいじょう》が歓声《かんせい》に包《つつ》まれた。

これ、中学生《ちゅうがくせい》が作《つく》ったの⁉

そんなの信《しん》じられないくらい、カッコいいドレスだ。

モデルの子《こ》がしーちゃんのところまでやってくると、しーちゃんが優《やさ》しく手《て》を取《と》って、ランウェイを歩《ある》く。

「すごーい！」

「かわいいドレス〜！」

あっちこっちから声《こえ》が上《あ》がった。

真《ま》ん中《なか》まで来《き》たところで、モデルの子《こ》がつまずいて転《ころ》びそうになるけど、とっさにしーちゃんが支《ささ》えて無事《ぶじ》だった。

その子《こ》は足《あし》を止《と》めて、どうしようって感《かん》じでしーちゃんを見《み》る。

あんなに練習《れんしゅう》したのに、失敗《しっぱい》しちゃったって感《かん》じかな？

でもしーちゃんは落《お》ち着《つ》いている。にっこりと笑《わら》って、モデルの子《こ》になにかをささやいてた。

大丈夫《だいじょうぶ》だよって言《い》ってるみたい。

モデルの子《こ》はうなずいて、また前《まえ》を向《む》いて歩《ある》きだした。

「ねえ、あれ。あの子《こ》じゃない？　一年生《いちねんせい》の野々山《ののやま》くん。ほら、双子《ふたご》の」

「え？　……そうかも。女《おんな》の子《こ》の方《ほう》だよね。あ、違《ちが》う男《おとこ》の子《こ》だっけ？」

「どっちでもいいけど、カッコいい！　どうしよう、ドキドキしてきた……！」

次々《つぎつぎ》に出《で》てくるモデルたちをしーちゃんがエスコートする間《あいだ》に、だんだんと舞台《ぶたい》の子《こ》がしーちゃんだってみんなにもわかったみたい。

小学生《しょうがくせい》の女《おんな》の子《こ》たちからはキャー！　っていう声《こえ》が上《あ》がった。

「これ全部《ぜんぶ》一年生《いちねんせい》が作《つく》ったの？　信《しん》じられないわ」

ママが目《め》を丸《まる》くしてる。

「しーちゃんもアドバイスしたって言《い》ってたよ。小鳥《おどり》の衣装《いしょう》もしーちゃんが作《つく》ったし。ママ、しーちゃんって洋服《ようふく》を作《つく》る天才《てんさい》だよ！」

興奮《こうふん》してわたしはママに言《い》った。

「将来《しょうらい》はデザイナーになりたいって言《い》ってたけど、絶対《ぜったい》になれるよね」

ママがふふふって笑《わら》った。

「あら、子鹿気《こじかき》が合《あ》うわね。ママも昔《むかし》からそう思《おも》ってたのよ」
ドーンドーンって校舎《こうしゃ》の上《うえ》に花火《はなび》が上《あ》がる。小学校《しょうがっこう》の校庭《こうてい》に集《あつ》まった人《ひと》たちから、わぁって
いう声《こえ》が上《あ》がった。
はるかぜ祭《さい》のフィナーレだ。
わたしは、校庭《こうてい》で野々山家《ののやまけ》の家族《かぞく》みんなと友紀《ゆき》ちゃん、友紀《ゆき》ちゃんのパパとママ、それから
寺中《てらなか》さんとおじちゃんとみんなで花火《はなび》を見《み》てる。
トラとしーちゃんはわたしたちとちょっと離《はな》れたところで、クラスメイトたちと一緒《いっしょ》に見《み》て
いた。
しーちゃんはいつもの制服姿《せいふくすがた》に戻《もど》ってる。ファッションショーが大成功《だいせいこう》で、みんな盛《も》り上《あ》
がっているみたいだ。
「ねー獅音《しおん》、今日《きょう》の獅音《しおん》すっごくカッコよかった。あたし部活《ぶかつ》の先輩《せんぱい》から獅音《しおん》のことめちゃく
ちゃ聞《き》かれちゃった。もうパンツスタイルにならないの？」
「んー、ボクはどんなスタイルでもかわいく着《き》こなせる自信《じしん》はあるんだけど。家《いえ》には制服《せいふく》のパ
ンツとスカート一着《いちちゃく》ずつしかないんだよね。だからボクがパンツを着《き》ると、必然的《ひつぜんてき》に……」

そう言《い》ってしーちゃんがチラリとトラを見《み》る。

トラが「げっ！」と声《こえ》を上《あ》げた。

「ムリムリムリムリムリ！　お互《たが》いに似合《にあ》うのを着《き》てるんだから、口出《くちだ》しすんなって」

首《くび》をブンブン振《ふ》っている。

しーちゃんが、ほらね？　って感《かん》じで肩《かた》をすくめた。

「えー！　トラだってきっとスカートよく似合《にあ》うよ！」

数人《すうにん》の女《おんな》の子《こ》たちがトラを取《と》り囲《かこ》んだ。

バスケ部《ぶ》の子《こ》たちだ。由美《ゆみ》ちゃんがトラの肩《かた》に腕《うで》を置《お》いた。

「わたしがメイクしてあげる」

「いらない、いらない」

「遠慮《えんりょ》すんなって、トラならきっとかわいくなるよ。だけどちょっと日焼《ひや》けしすぎかなー。ちゃんと日焼《ひや》け止《ど》めぬりなよ」

トラ、すっかり打《う》ち解《と》けてる。

由美《ゆみ》ちゃんに、しーちゃんが同意《どうい》した。

「日焼《ひや》けはダメだよね！　ボクもそう思《おも》う。トラが気《き》にしなさすぎるから、ボクときどきトラが寝《ね》てる間《あいだ》に、パックしてあげてるんだけどそれだけじゃなかなか……」

トラがまた「げっ！」と声《こえ》を上《あ》げる。

「寝《ね》てる間《あいだ》に……？」

「なにそれ、めっちゃ親切《しんせつ》ー！」

「トラうらやまし〜！」

周《まわ》りの子《こ》たちからどっと笑《わら》い声《ごえ》が上《あ》がった。

「野々山《ののやま》さん！　いつもうちの琴音《ことね》がうりくんにお世話《せわ》になってます」

人混《ひとご》みの中《なか》をわたしたち目指《めざ》して来《く》るのは、琴音《ことね》ちゃん親子《おやこ》。後《うし》ろにいる男《おとこ》の人《ひと》はたぶん、パパかな？

今日《きょう》は町中《まちじゅう》の人《ひと》が招待《しょうたい》されてるからママと一緒《いっしょ》に来《き》てくれたんだ。

琴音《ことね》ちゃんがうりに抱《だ》きついた。

「うりくん、こんばんは！」

「あらあらあらあら？」

ママの目《め》がキラーンって光《ひか》って、これはいったいどういうことかしら？　という視線《しせん》をうりに向《む》ける。

そういえば、琴音《ことね》ちゃんがうりにべったりなのは、わたしたちはもう慣《な》れっこだけど、ママははじめて見《み》るのか。

うりが真《ま》っ赤《か》になって琴音《ことね》ちゃんから離《はな》れようとする。

「なっ！　び、びっくりするじゃんか。み、みんなが見《み》てるよ」

ママに見《み》られるのがはずかしいみたい。

琴音《ことね》ちゃんのママが説明《せつめい》する。

「琴音《ことね》、うりくんが大好《だいす》きで、結婚《けっこん》するんだって家《いえ》でいつも言《い》ってるんです」

「まあまあまあ！　それはそれは、うりちゃん、よかったわね。こんなにかわいい子《こ》と結婚《けっこん》できるなんて」

ママはテンションが上《あ》がってにっこりした。

「なっ……！　こ、琴音《ことね》ちゃんが勝手《かって》に言《い》ってるだけだよ」

「えー、うりくん琴音《ことね》のこときらい？」

「きらいじゃないけど」

「じゃあ、好《す》き？」

「すっ……！　こここここんなところでなに言《い》って……！」

あれこれ言《い》い合《あ》うふたりを、ママたちが見《み》てふふふと笑《わら》った。

「うりくんのお兄《にい》ちゃんお姉《ねえ》ちゃんも大好《だいす》きみたいで。本当《ほんとう》に、頼《たの》もしいお子《こ》さんたちですね」

「そうなんです、そうなんです。みんなわたしの自慢《じまん》の子《こ》どもたちなんですよ」

胸《むね》をはってママが答《こた》えた。

ママったら。

自分《じぶん》の子《こ》どものことをそんな風《ふう》に自慢《じまん》するなんて、ちょっとはずかしい。

でもすごくうれしかった。

「これでもう子鹿《こじか》ちゃん家《ち》のママがいないなんて誰《だれ》にも言《い》われないね」

友紀《ゆき》ちゃんがわたしにささやいた。

「うん、よかったよ。友紀《ゆき》ちゃん、いろいろ相談《そうだん》に乗《の》ってくれてありがとう」

今日一日《きょういちにち》、ママは学校《がっこう》のあっちこっちで大騒《おおさわ》ぎしてた。

わたしはクラスメイトたちに子鹿《こじか》ちゃんのママっておもしろいねってあっちこっちで言《い》われたんだ。

ママが家《いえ》にいないなんて疑《うたが》う人《ひと》はもういない。しかも今日《きょう》からママはずっとお家《うち》にいられる。

どどーん！

夜《よる》の空《そら》に散《ち》る花火《はなび》に向《む》かって小鳥《おどり》が両腕《りょううで》を伸《の》ばした。

「大《おお》きな花火《はなび》きれいでーす！」

「それを言《い》うなら鼻血《はなぢ》だろ」

うりがすかさずつっこんだ。

「花火《はなび》なら……って、あれ？」

わたしと友紀《ゆき》ちゃんは顔《かお》を見合《みあ》わせ思《おも》わずブーッて噴《ふ》き出《だ》した。

「うり、小鳥《おどり》の方《ほう》が正《ただ》しいよ……！　つっこみすぎておかしくなった？」

うりがほっぺをふくらませた。

「なんでちゃんと言《い》うんだよ！　まちがえちゃったじゃんか」

「し、失礼《しつれい》な、小鳥《おどり》のせいじゃありませんっ！」

ぎゃあぎゃあ言《い》い合《あ》う小鳥《おどり》とうりを見《み》て、周《まわ》りの人《ひと》たちから、くすくす笑《わら》い声《ごえ》が聞《き》こえた。

「あの子《こ》たちが野々山《ののやま》きょうだい？」

「はるかぜ荘《そう》の子《こ》たちでしょ？　楽《たの》しそうね」

あーあ、また注目《ちゅうもく》されちゃってる。

だけど前《まえ》みたいに、嫌《いや》な感《かん》じはまったくしない。
わたしたち、はるかぜ町《ちょう》の子《こ》になったんだ。
頭《あたま》の上《うえ》で、大《おお》きな花火《はなび》がどどーん！　となる。
色《いろ》とりどりの光《ひかり》の花《はな》が夜《よる》の空《そら》に咲《さ》いた。

# エピローグ　子《こ》どもぐらしはまだ続《つづ》く⁉

お味噌《みそ》のいい匂《にお》いがするお椀《わん》に、口《くち》をつけてズズッと吸《す》うと、あったかくておいしい味《あじ》が口《くち》いっぱいに広《ひろ》がる。

お味噌《みそ》のこうばしさと牛乳《ぎゅうにゅう》の優《やさ》しいクリーミーさが混《ま》ざり合《あ》った大好《だいす》きな味《あじ》に、わたしのほっぺは自然《しぜん》とゆるむ。

となりでうりが変《へん》な顔《かお》でわたしを見《み》た。

「なんだよ、ごはん食《た》べながらニヤニヤして」

「だっておいしいんだもん、しーちゃんのお味噌汁《みそしる》ひさしぶり」

最近《さいきん》はお祭《まつ》りの準備《じゅんび》で、しーちゃんのごはんを食《た》べられなかった。

だからよけいにおいしく感《かん》じるんだ。

はるかぜ祭《さい》の次《つぎ》の日《ひ》、土曜日《どようび》の今日《きょう》、ママのおかえりなさいパーティをしている。

メニューは、カラフルおにぎりに唐揚《からあ》げ、ポテトサラダ。

そしてしーちゃん特製《とくせい》、牛乳《ぎゅうにゅう》が入《はい》ったポタージュみたいな野々山家《ののやまけ》のお味噌汁《みそしる》！

もちろんわたしもお手伝《てつだ》いした。

カラフルおにぎり、結構上手《けっこうじょうず》にできたかも。

みんなでいっせいにいただきますをしたとたん、どんどんなくなっていくのがうれしいな。

テーブルの周《まわ》りを踊《おど》りながら回《まわ》る小鳥《おどり》がにこにこして言《い》った。

「ママもカルニバルに帰《かえ》ってこられてよかったですね」

合唱《がっしょう》の時《とき》の衣装《いしょう》を着《き》てる。

すっごく気《き》に入《い》って、家《いえ》でダンスをする時《とき》は着《き》るんだって宣言《せんげん》した。

『ダンスって毎日《まいにち》してるのに。ちゃんと洗濯《せんたく》しないと』

ちょっとあきれてそう言《い》ったしーちゃんだけど、その顔《かお》はすごくうれしそうだった。

「ねえ、ママ！　ユキヒョウの生態《せいたい》がわかるような写真《しゃしん》、撮《と》れた？」

うりがママに問《と》いかける。

ママがにっこり笑《わら》って、カメラを持《も》ってくる。電源《でんげん》を入《い》れて写真《しゃしん》を見《み》せてくれた。

「なんとなんと、今回《こんかい》、赤《あか》ちゃんを連《つ》れてるユキヒョウを撮《と》ることに成功《せいこう》しました！」

大《おお》きくてキレイなユキヒョウの前《まえ》で遊《あそ》んでいる、小《ちい》さな二匹《にひき》のユキヒョウ。プロレスするみたいにじゃれあってる。

「か、かわいい〜!」

わたしは思《おも》わず声《こえ》を上《あ》げた。

「ほんとだ。ぬいぐるみみたい」

「真《ま》っ白《しろ》!」

「ふわふわ〜!」

あまりのかわいさに、みんなごはんそっちのけで盛《も》り上《あ》がる。

うりはわたしたちとは別《べつ》の意味《いみ》で大興奮《だいこうふん》だった。

「すごいよ、ママ! 子育《こそだ》て中《ちゅう》のユキヒョウなんてめったに撮《と》れないんでしょ?」

「あら、さすがうりちゃん! よく知《し》ってるわね。そうそう、子育《こそだ》て中《ちゅう》のユキヒョウはとくに警戒心《けいかいしん》が強《つよ》くなるから、なかなか出《で》てこないのよ。今回《こんかい》はいい映像《えいぞう》と写真《しゃしん》がたくさん撮《と》れたから、ドキュメンタリーとしてテレビで放送《ほうそう》することになりそう」

「えー! すごい」

わたしはびっくりぎょうてんしてしまう。

みんなも、おお〜! って声《こえ》を出《だ》した。

ママが撮《と》った映像《えいぞう》がテレビに流《なが》れるんだ。

ママがカメラの写真《しゃしん》を見《み》て目《め》を細《ほそ》めた。

「ふふ、この親子《おやこ》を撮《と》れた時《とき》ね、うれしかったけどママすごくみんなに会《あ》いたくなっちゃったの。それでもう撮影《さつえい》は終《お》わりにして、すぐに飛行機《ひこうき》のチケットを取《と》ったのよ。はるかぜ祭《さい》に間《ま》に合《あ》ってよかったわ」

わたしたちもママが帰《かえ》ってきてくれてうれしかった。

ママがしーちゃんのお味噌汁《みそしる》を飲《の》んで、息《いき》をついた。

「はぁ～！　このお味噌汁《みそしる》を飲《の》んでみんなの顔《かお》を見《み》られたら、家《いえ》に帰《かえ》ってきたって感《かん》じがする。ずっと世界中《せかいじゅう》を飛《と》び回《まわ》る生活《せいかつ》だったから、帰《かえ》る場所《ばしょ》があるって変《へん》な感《かん》じがするけど」

そしてわたしを見《み》た。

「これからはずっと家《いえ》にいるからね」

わたしのほっぺが熱《あつ》くなる。出発《しゅっぱつ》の時《とき》、わたしがさみしいって思《おも》っちゃったからママはこう言《い》ってくれるんだ。

「うん」

わたしがうなずいた時《とき》。

ピリリリリリ。

スマートフォンの着信音《ちゃくしんおん》がなる。

柱《はしら》にかけてある方《ほう》じゃなくて、ママのかばんから。ということはお仕事用《しごとよう》のスマートフォンだ。

「はい、野々山《ののやま》です。ああ、こんばんは。ええ、こちらこそ貴重《きちょう》な機会《きかい》をいただきありがとうございます」

ママがお仕事《しごと》の人《ひと》と話《はなし》をしてる。

わたしたちは、ごはんを食《た》べながら静《しず》かにそれを聞《き》いていた。

「いえいえ、今回《こんかい》は天候《てんこう》にも恵《めぐ》まれましたから……はい、はい、え⁉」

大《おお》きな声《こえ》を上《あ》げたママに、わたしたちは首《くび》をかしげて注目《ちゅうもく》する。

「ゾウアザラシの群《む》れに密着《みっちゃく》……⁉　スポンサーが見《み》つかった？」

わたしたちは顔《かお》を見合《みあ》わせる。

これってまさか……

ママが立《た》ち上《あ》がって、スマートフォンを大事《だいじ》そうに持《も》ち直《なお》す。となりの部屋《へや》をぐるぐる回《まわ》りながら興奮《こうふん》して話《はなし》を続《つづ》ける。

「ええ、すばらしい企画《きかく》だと思《おも》います。ゾウアザラシの群《む》れの形成《けいせい》はとてもおもしろいですから……」

やっぱり、新《あたら》しいお仕事《しごと》の依頼《いらい》だ。

ゾウアザラシってわたしはよく知《し》らないけど……

「カリフォルニアあたりだな」

うりがつぶやいた。

てことは、もしこのお仕事《しごと》を受《う》けるならまた長《なが》いこと留守《るす》にするってこと？

ママがちょっと申《もう》し訳《わけ》なさそうな声《こえ》で答《こた》える。

「ただ、わたし日本《にほん》に帰《かえ》ってきたばかりで……ちょっと気《き》になることもありますから、返事《へんじ》を少《すこ》しお待《ま》ちいただくことはできますか？　はい、来週《らいしゅう》には必《かなら》ず」

そう言《い》って電話《でんわ》を切《き》った。

帰《かえ》ってきたばかりではさすがに返事《へんじ》できなかったみたい。これからはずっと家《いえ》にいられるって言《い》ったばかりだし……

スマートフォンを抱《だ》いたまま、ママはこっちの部屋《へや》に戻《もど》ってきて、テーブルに座《すわ》り気《き》まずそうにわたしたちを見回《みまわ》した。

「えーっと……。みんなに、お話《はなし》があります。ママはゾウアザラシの群《む》れに大変興味《たいへんきょうみ》がありまして……だけどもちろん、帰《かえ》ってきたばかりだし、さすがに……ね」

ごにょごにょと言《い》いながらわたしたちを見《み》る。

行《い》きたいっていうのが見《み》え見《み》えだ。

そんなママを見《み》ていたら、わたしの頭《あたま》にピカーンってなにかが光《ひか》る。考《かんが》えるよりも先《さき》に口《くち》が動《うご》いた。

「行《い》っておいでよ、ママ」

みんながびっくりしてわたしを見《み》た。

「子鹿《こじか》？」

わたしは、ママのカメラをちらりと見《み》る。

うん、やっぱりこうするべきだって確信《かくしん》してまた口《くち》を開《ひら》いた。

「だって、ママが撮《と》る動物《どうぶつ》の写真最高《しゃしんさいこう》だもん！」

さっきのユキヒョウの赤《あか》ちゃん、すごくかわいかった。あんな写真《しゃしん》を撮《と》れるのは、きっと世界中《せかいじゅう》でママだけだよね。

「わたし、ママが撮《と》った動物《どうぶつ》の写真《しゃしん》も映像《えいぞう》ももっと見《み》たい。わたしたちは大丈夫《だいじょうぶ》だよ」

「子鹿《こじか》……」

ママがびっくりしてわたしを見《み》てる。きょうだいの中《なか》で一番反対《いちばんはんたい》しそうなわたしが、最初《さいしょ》に賛成《さんせい》したからだ。

「まぁ、なんとかなるんじゃないかな」

しーちゃんがにっこり笑《わら》って同意《どうい》してくれた。

「なにか困《こま》ったことがあったら獅音《しおん》と子鹿《こじか》と相談《そうだん》するよ」

トラがニカッと笑《わら》った。

トラが相談《そうだん》しようって思《おも》う相手《あいて》にわたしも入《はい》ってるのがうれしい。

「ボク、自分《じぶん》のことは自分《じぶん》でできるようになったし、きょうだいだけで生活《せいかつ》するのに慣《な》れちゃったよね」

うりが言《い》うと、となりの小鳥《おどり》がぴょんと立《た》ち上《あ》がり、くるくると回《まわ》った。

「小鳥《おどり》、ママがいなくてもちゃんと宿題《しゅくだい》してましたよ」

「ええ～！　それってママがいなくてもいいってこと～？」

ママがちょっとなさけない声《こえ》を上《あ》げる。

おかしくてわたしはくすくす笑《わら》った。

「そうじゃなくて、わたしたち、力《ちから》を合《あ》わせてなんとかやってるってこと」

するとママは、わたしたちを見回《みまわ》してパァッと笑顔《えがお》になった。

「あ、きずな深《ふか》まっちゃった感《かん》じ？」

「うん、そんな感《かん》じ。ママ、わたしたちはママを応援《おうえん》するよ」

トラ、しーちゃん、小鳥《おどり》、うりがうんうんってうなずいた。

「ではお言葉《ことば》に甘《あま》えて！」

ママが立《た》ち上《あ》がり、ガッツポーズを作《つく》る。

「ママはカリフォルニアへと旅立《たびだ》ちます！　みんなまた、皇帝《こうてい》ペンギンの赤《あか》ちゃんみたいに力《ちから》を合《あ》わせて待《ま》っててね」

「はーい！　デンデンペンギンでーす」

小鳥《おどり》が両手《りょうて》を上《あ》げる。

すかさずうりがつっこんだ。

「皇帝《こうてい》ペンギンだろ。で、カリフォルニアへはいつ行《い》くの？　群《む》れに密着《みっちゃく》なら長《なが》い間《あいだ》かかるよね」

うりからの問《と》いかけに、ガッツポーズをしたまま、ママは首《くび》をかしげた。

「えーっと……。あら？　聞《き》き忘《わす》れちゃった……」

「もーしっかりしてよね、ママ」

うりに叱《しか》られて、ママが頭《あたま》をかいた。

不思議《ふしぎ》。

三カ月前《さんかげつまえ》にママが出発《しゅっぱつ》した時《とき》は不安《ふあん》でちょっとさみしかった。

でも今《いま》は、きょうだいがいればママがいなくても大丈夫《だいじょうぶ》って胸《むね》をはって言《い》える。

この三カ月間《さんかげつかん》、いろいろあったけどみんなで協力《きょうりょく》して乗《の》りこえられたもん。

わたしたちの子《こ》どもぐらしは、まだまだ続《つづ》く。

けど、なにがあっても大丈夫《だいじょうぶ》、どーんと来《こ》いって気分《きぶん》だった。

みんなの笑《わら》い声《ごえ》が、秋《あき》のはるかぜ荘《そう》に響《ひび》いていた。


第三巻《だいさんかん》へ続《つづ》く。

# あとがき

こんにちは！

皐月《さつき》なおみです。

『ときめき虹色《にじいろ》ライフ2』、楽《たの》しんでもらえましたか？

今回《こんかい》は、秋《あき》のはるかぜ荘《そう》のお話《はなし》でした。

秋《あき》といえば文化祭《ぶんかさい》！

ママから、はるかぜ小学校《しょうがっこう》にも文化祭《ぶんかさい》があると聞《き》いた子鹿《こじか》は、わくわくしながら二《に》学期《がっき》を待《ま》ちます。

けれど、そこでちょっと問題《もんだい》が。

どうやら町《まち》の人《ひと》たちに、子《こ》どもぐらしがバレそうになっているみたいで……？

せっかく家族《かぞく》がひとつになれたのに、バレちゃったら大変《たいへん》なことになる～！　って、ドキドキハラハラしながら書《か》きました。

みんなにも、家族《かぞく》の秘密《ひみつ》を守《まも》るため力《ちから》を合《あ》わせるきょうだいのお話《はなし》をドキドキしたり、くすくす笑《わら》ったりしながら、読《よ》んでもらえていたらうれしいな。

今回《こんかい》も森乃《もりの》なっぱ先生《せんせい》が、野々山《ののやま》きょうだいをスペシャルかわいく描《か》いてくださいました！

笑《わら》い声《ごえ》や歌声《うたごえ》が聞《き》こえてきそうなくらい元気《げんき》いっぱいの子鹿《こじか》たちが、かわいくてうれしいです。

森乃先生《もりのせんせい》、ありがとうございました！


いっしょに本《ほん》を作《つく》ってくださった、出版社《しゅっぱんしゃ》のみなさま。

『ときめき虹色《にじいろ》ライフ２』をまたまたステキな本《ほん》にして、みんなに届《とど》けてくださりありがとうございました！


そしてなにより、このお話《はなし》を最後《さいご》まで読《よ》んでくれたあなた。

本当《ほんとう》にありがとう！

感謝《かんしゃ》の気持《きも》ちでいっぱいです。


また、はるかぜ荘《そう》でお会《あ》いできたらうれしいです。

皐月《さつき》なおみ

**アルファポリスきずな文庫**

# 大人気《だいにんき》シリーズ『恐怖《きょうふ》コレクター』
# 佐東みどりの最新作《さいしんさく》！

**怪帰師《かいかえし》のお仕事《しごと》1～4**
**作：佐東《さとう》みどり　絵：榎《えのき》のと**

小学《しょうがく》6年生《ねんせい》の遠野琴葉《とおのことば》は時々《ときどき》どこからか不思議《ふしぎ》な声《こえ》が聞《き》こえてくることに悩《なや》み中《ちゅう》。ある日《ひ》、クールでイケメンな転校生《てんこうせい》、天草光一郎《あまくさこういちろう》がやってくる。琴葉《ことば》が教室《きょうしつ》で「妖怪《ようかい》の声《こえ》を聞《き》いたかも……」と話《はな》していると突然《とつぜん》、光一郎《こういちろう》に「君《きみ》は運命《うんめい》の人《ひと》だ！」と告《つ》げられて——!?

## アルファポリスきずな文庫

**皐月《さつき》なおみ／作《さく》**

愛知県在住。趣味は物語を書くことと、美味しい物を食べること。スーパー銭湯でのんびりするのが、お休みの日のお気に入りの過ごし方。

**森乃《もりの》なっぱ／絵《え》**

東京都在住。集英社『りぼん』で漫画家デビュー後、イラストレーターとしても活動中。キラキラとした少女マンガの絵を描くことが好き。今作では、しーちゃん(獅音)が最推しキャラ。

# ときめき虹色《にじいろ》ライフ②

## ひみつの子《こ》どもぐらしがバレちゃった!?

**作《さく》　皐月《さつき》なおみ**
**絵《え》　森乃《もりの》なっぱ**

2024年9月15日初版発行

編集　境田 陽・森 順子
編集長　倉持真理
発行者　梶本雄介
発行所　株式会社アルファポリス
〒150-6019 東京都渋谷区恵比寿4-20-3 恵比寿ガーデンプレイスタワー 19F
TEL 03-6277-1601 (営業) 03-6277-1602 (編集)
URL https://www.alphapolis.co.jp/
発売元　株式会社星雲社（共同出版社・流通責任出版社）
〒112-0005 東京都文京区水道1-3-30
TEL 03-3868-3275
デザイン　川内すみれ(hive&co.,ltd.)
（レーベルフォーマットデザイン—アチワデザイン室）
印刷　中央精版印刷株式会社

価格はカバーに表示しています。
落丁乱丁の場合はアルファポリスまでご連絡ください。送料は小社負担でお取り替えします。

ISBN978-4-434-34470-1 C8293

**ファンレターのあて先**

〒150-6019 東京都渋谷区恵比寿4-20-3 恵比寿ガーデンプレイスタワー 19F
(株)アルファポリス　書籍編集部気付
**皐月《さつき》なおみ先生**
いただいたお便りは編集部から先生におわたしいたします。